I NUOVI MISTERI DEL CHIOSTRO NAPOLETANO SCRITTI DA UN'EX MONACA E PUBBLICATI DALL'ABATE **

Anonimo

AF209313

Texte et illustration de couverture : © domaine public
Edition : Culturea (Hérault, 34)
Contact : infos@culturea.fr
Retrouvez notre catalogue sur http://culturea.fr
Imprimé en Allemagne par Books on Demand
Design typographique : Derek Murphy
Layout : Reedsy (https://reedsy.com/)

Dépôt légal : janvier 2023

ISBN : 9791041841417

PREFAZIONE

Pubblico queste memorie di un'ex monaca, non per odio alle istituzioni religiose, che ben venero e rispetto, ma nell'unico intendimento di aprire la mente a quei genitori che per meri capricci, o per rendersi liberi, o per erronee convinzioni di giovare, per esempio, alla salute spirituale delle loro figlie, o per un male inteso interesse, condannano la loro prole a invizzire rinserrata fra le mura di un chiostro.

Pubblico queste memorie, perchè la gioventù inesperta delle false virtù monacali, possa una volta per sempre aborrire il chiostro nido d'ogni turpitudine, ritiro d'ogni vizio, ricettacolo d'ogni suzzura. - Se qualche infelice trovasi malcontenta del mondo, non creda sanare le sue ferite in un convento: ella le inasprisce e rendesi più sventurata. La gioia e la felicità puossi trovare nel mondo nella vita socievole, non sepolte nelle tombe, dove ogni palpito gentile, ogni affetto delicato, ogni aspirazione sono qualificati come una colpa gravissima.

Guardatevi bene, o fanciulle, dal chiostro, ve lo ripeto, e queste poche pagine, vergate da una infelice vittima vi convincano delle mie asserzioni. I suoi patimenti non sono esclusivi ed individuali; ma essi sono l'appannaggio di chiunque è costretta a vivere monaca, se non vuolsi fare eccezione per taluna, che abbrutita, immiserito lo spirito dai patimenti, perduto il bello del sentimento, lo slancio dell'anima, vegeta nell'ebetismo, nella perfetta nullità dei sensi, nella convinzione essere il convento la guida sicura del cielo. Questa potrà chiamarsi contenta. Voi educate all'alto sentire, all'affetto, all'amore, nol potreste.

L'anima, o fanciulle, si salva coll'adempimento delle virtù. Il rinchiudersi ne' chiostri non è virtù, è egoismo, è fuggire i doveri che ci vengono imposti e come uomini e come cittadini. – Dunque fuggire il mondo è ricusare alla nostra missione, in conseguenza infrangere le sante leggi della natura.

L'ABATE **.

CAPITOLO I.

Primi palpiti, e prime affezioni.

Io non narrerò minutamente i particolari de' mie' primi anni. Basterà sappia il lettore, che nacqui da agiata e cospicua famiglia il 7 gennaio 1820. Mio padre, Anselmo M..., napoletano d'origine, cuopriva il grado di colonnello di cavalleria; mia madre, per nome Ortensia, era nata in Messina.

Giunta all'età di quindici anni, il mio cuore cominciò a sentire un vuoto, e l'anima mia, sensibilissima, aspirava a cercare un oggetto, che lo riempisse. - Divenni sì malinconica che più di una volta, mia madre cercò scoprire la cagione di questo strano cambiamento, ed io arrossendo l'acquietava or con una scusa, ora con l'altra, delle quali la cara ed ottima mia genitrice si chiamava soddisfatta. Fra i molti uffiziali di diversi corpi e gradi, che frequentavano la mia casa, ebbine a notare uno giovanissimo, di elegante e svelta figura, di costituzione delicatissima, e fornito di una di quelle fisonomie simpatiche, che viste una volta più non si dimenticano. Gli occhi aveva grandi e nerissimi, e la loro ardita espressione dava al suo volto una bellezza straordinaria.

Questo uffiziale, che nomavasi Arturo, ogni qualvolta veniva in mia casa, mi poneva gli occhi addosso, e non li ritirava fino a che me ne andassi. Mi salutava gentilmente, ed al saluto accoppiava un sorriso così soave che scendeva al cuore.

Notai, che era sempre malinconico, molto taciturno, e d'indole ferma e decisa. Seppi che il suo capitano, uomo rozzo e grossolano, faceva contro di lui continui rapporti a mio padre, il quale spessissimo lo rimproverava e minacciava, al che il viso di Arturo si tingeva di un rosso vivace, la sua fronte, liscia come le placide acque di un lago, s'increspava, e suo malgrado taceva.

Siccome mia madre teneva d'occhio, tanto me che mia sorella Caterina, non ebbi mai agio di cambiargli una parola. - Scorsi che questo giovane cercava tutti i mezzi per avvicinarmi, ma le accidentalità venivano a sturbare i suoi piani.

Il dubbio in amore è una tortura che uccide, aveva perduta la mia pace, soffriva immensamente, e non rimanevami altra consolazione che quella di rivedere Arturo, consolazione quasi giornaliera.

Un giorno, io mi trovava per caso nel gabinetto di mio padre, quando improvvisamente entra Arturo, in atto di salutare il suo colonnello; ma quale non fu la sua sorpresa in veder me invece di esso. - Io mi turbai: un tremito generale m'invase, e sentii il mio viso farsi di fuoco. Egli si fece ardito, mi si approssimò rapidamente, mi prese una mano, e v'impresse un bacio ardentissimo:

- Io vi amo, disse, Maria, vi amo di un amor che mi uccide.

Voleva fuggire: che temeva di esser sorpresa; ma egli mi ritenne, dicendomi:

- Parlate, Maria, parlate, ve ne scongiuro; ditemi se sentite amore per me, per me che vi amo alla disperazione.

- Dio mio! replicai, lasciatemi, in altro momento...

- Ma no! Voglio saperlo ora.

E vedendo che era impossibile fuggirgli, mi fu forza rispondergli, che io pure l'amava.

Egli allora portandosi nuovamente la mia mano alla bocca, la coprì di vivi baci, e con trasporto gridò:

- Cada pure l'universo sopra di me, che m'importa? Sono felice!

Ratta ratta m'involai, e ne era tempo, perchè mio padre dirigevasi alla volta del suo gabinetto.

- Appena entrato, suonò il campanello. Io non corsi subito; il mio sembiante era sempre alterato; ma egli nuovamente e più forte fece sentire la voce del campanello, e vedendo che nessuno accorreva, mi feci animo accorsi, e dimandai, sul limitare della porta, che comandasse.

- Oh! precisamente te, Maria. Entra...

Entrai confusa, e in un abbattimento mortale.

Che mio padre, pensava tra me, siasi accorto della scena accaduta dianzi fra me ed Arturo?

- Avanzatevi, disse il colonnello, ad Arturo. Io so bene, ciò che desiderate. Volete avanzare un reclamo contro il vostro capitano, non è egli vero?

- Verissimo.

- Cosa avete da lamentarvi? Parlate.

- Il mio capitano continuamente mi mortifica, e rimprovera senza giusti motivi; ma per sola animosità... per sola avversione che nutre verso di me.

- Non è vero. - Voi mentite! un superiore non nutre animosità con nessuno, e non rimprovera mai chi adempie scrupolosamente ai propri doveri. - Voi siete un insubordinato, un giovane recalcitrante, e poco zelante al vostro servizio.

- Ma signor colonnello...

- Silenzio!...

- Ma io...

- Silenzio!... signor tenente! La nostra disciplina la dovreste ben conoscere. - Una ingiunzione d'un superiore va rispettata. Avete capito? - Per questa volta guarderete per una settimana gli arresti. - Potete andare.

Arturo, pallido per la bile, lanciogli uno sguardo di fulmine. Lo salutò, ed uscì.

Io non mi azzardava a rivolgere la parola a mio padre. Egli pareva occupato a rinvenire delle carte.

Finalmente, mi feci coraggio, e dissi:

- Caro padre, non avete detto poc'anzi che mi desideravate?

- Sì. Maria... voleva una cosa che ora non mi necessita più.

- Dunque posso ritrarmi?

- Dimmi, ti sembra che mi sia ben diportato con quell'uffizialetto?

A questa domanda ristetti.

- Non ho fatto bene a condannarlo per una settimana agli arresti?

- Oh! lo credo, balbettai, ciò che voi fate....

- Lo avresti fatto ancor tu?

- Vi confesso che io non ne avrei il coraggio.

- Come? non avresti il coraggio di punire un colpevole?

- Un colpevole sì...

- Dunque egli non è un colpevole?

- È ciò che ignoro. - Voi gli avete impedito di giustificarsi.

- Ah! tu lo difendi? Maria tu lo difendi, non è vero?

- Ma...

- Lasciamo i ma.... Io ho voluto che tu ti trovassi presente a questa scena, per accertarmi di quanto da qualche giorno, ho conosciuto a vostro riguardo. Voi vi amate, e non negarmelo, il tuo rossore, la tua confusione lo confessano abbastanza.

- Egli non mi parlò mai di quanto voi dite.

- Basta così. - Se Arturo ardisse rivolgerti una sola parola, conoscerà chi è il suo colonnello.

E con un gesto, mi licenziò.

Io mi sentii stringere il cuore. - Non mai si sente l'amore sì forte, come quando è contrariato. - Da quel momento la passione per Arturo ingigantì... le sue pene furono le mie, e mi divenne più caro. – Ah! ben conosco che noi viviamo perchè si ama; quando cessiamo d'amare, moriamo. E son persuasa, che se noi avessimo la forza d'amare eternamente, eternamente si vivrebbe.

CAPITOLO II.

L'amore cresce.

L'indomani, mentre passava per una camera, dove erano alcuni ufficiali che aspettavano mio padre, un d'essi mi saluta gentilmente, mi si accosta, e mi fa dei complimenti insoliti, di cui non sapeva trovar la ragione. Ma presto ne fui edotta, perchè vidi che colto il destro di non esser veduto da alcuno, mi fece scivolare nel taschino del mio grembiule un foglio piegato.

Mi ritirai tostamente nella mia camera, e non senza provare una forte emozione aprii la lettera, la quale era così concepita:

«Maria!

Da mano amica, ti verrà consegnata la presente. Fidati del latore. - Lungi da te, passo giorni eguali a quelli d'un dannato: ma la certezza di essere da te riamato, mi è di conforto non poco, e non vedo il momento di rivederti.

Amami, come io ti amo. Scrivimi due righe per mia consolazione.

ARTURO.»

Per timore che questa lettera non capitasse nelle mani dei miei genitori, la lacerai. - Quindi preso un pezzettino di carta, vi segnai queste parole:

«Arturo mio!

Non dubitare del mio amore. Vivi contento.

MARIA.»

Piegato e suggellato il foglio lo nascosi, e la dimane lo consegnai all'amico di Arturo, pregandolo a non portarmi più fogli perchè pericolosi.

Mio padre aveva una sorella abbadessa nel convento N., uno dei più agiati di Napoli, dove le primarie famiglie della città ponevano le loro figlie in educazione. Spesse volte i miei genitori recavansi a visitare questa loro parente, conducendo secoloro me e mia sorella.

Io non so perchè questa mia zia avesse il desiderio di farmi monaca, e questo desiderio lo dimostrava ogni qualvolta noi andavamo a visitarla, e prediligeva me a mia sorella. Era proprio destinato che io fossi una vittima.

Un giorno che ci trovavamo appunto conversando colla zia abbadessa, questa mi ripetè il consueto ritornello: "Ti vuoi far monaca?"

- Per ora non ne ho la vocazione...

Mio padre riprese subito:

- Chi sa? La vocazione potrebbe venire!

Da quel giorno la mia pace fu perduta. Fra i miei sogni dorati, mentre la mia immaginazione si tratteneva con Arturo; quando i miei sensi erano rapiti nell'estasi d'una dolce voluttà, di repente venivano a turbarli quelle parole pronunziate dal padre: " La vocazione potrebbe venire! "

- Dio mio! pensava, sarebbe così snaturato da seppellirmi, mio malgrado, fra quattro mura, togliermi al mondo, e... Ciò non è possibile. Mio padre è severo, rigoroso sì; ma spietato, crudele, oh no! Poi non ho la mamma, che è così buona, affettuosa?

Ma questi ragionamenti però non ritornavano al mio cuore la consueta tranquillità, e passava le giornale intiere sospirando e lacrimando. Unico mio conforto era il rivedere Arturo. In quel momento delizioso, io dimenticava tutto. E benchè dopo ch'io l'aveva reso conscio dell'accaduto fra me e mio padre egli venisse in casa mia più di rado pur lo vedeva sovente passare e ripassare sotto le mie finestre.

Sorvegliata rigorosamente non m'era mai riuscito di trattenermi con lui a lungo, quando fortuna volle che mio padre dovè recarsi a corte per una festa, e condusse seco la moglie.

Arturo profittò di questa propizia occasione per recarsi da me. Io fui al colmo della gioia, gioia che nessuno può capire, altri che colui che ha amato.

Dopo di esserci scambiati un diluvio di domande e risposte, gli dissi:

- Perchè, Arturo, voi siete sempre in preda alla malinconia? Perchè siete sempre taciturno? D'onde nasce la vostra tristezza? Narratemi le vostre pene, i vostri dolori. Siate sincero. Se potrò aspergere le vostre piaghe di un balsamo efficace, non mi potrò riguardare per la donna più felice dell'universo?

- Le vostre parole mi scendono soavi al cuore come una dolce melodia; ma non possono recarmi conforto veruno.

- Perchè Arturo?... Non vogliate privarmi de' vostri segreti. Versate la piena de' vostri affanni, e se non potrò lenirli; vi compiangerò!... Anche io vedete soffro!... oh! soffro molto!... Ebbene, nella vicendevole confidenza potremo trovare un sollievo alle nostre angosce.

- Sappiate, mia cara Maria, che sono nato sotto una stella maligna. Sono figlio unico; mio padre, impiegato regio, non ha mai goduto d'un avanzamento; perchè? Perchè egli pensa come dovrebbe pensare ogni italiano. - Io mi trovo vestito di questa divisa che odio, che aborro, perchè divisa di schiavo, perchè servo chi dovrei maledire, perchè questa divisa, Maria, mi qualifica satellite d'un tiranno, d'un oppressore d'Italia a cui io darei quanto ho di più caro, di più sacro.

Il volto di Arturo, nel pronunziare queste parole erasi infiammato, i suoi occhi roteavano dall'ira, il volto era tutto contratto.

- Calmatevi, Arturo, gli dissi, soffrite in pace la vostra posizione...

- Soffrire in pace la mia posizione? - No, per dio! In pace, no! Soffrirò, gemerò, ma non in pace.

Poi con più pacatezza, soggiunse:

- Voi, Maria, non potete comprendere, quanto sia insopportabile uno stato che non è di nostro aggradimento. - Se un giorno, voi dovrete sopportarlo, allora capirete se giuste o no siano le mie querele.

- Dunque volete disperarvi?

- Se non fosse l'amore che porto a voi, che nutro pei miei poveri genitori, io mi sarei ucciso.

- Ma cosa dite, Arturo?

- Dico quel che sento, quello che deve dire ogni animo, che ripugna alla schiavitù, O viver liberi, o cessare di vivere. - Nell'età in cui mi trovo, non posso dedicarmi ad altra carriera, Mi è giuoco forza proseguire in questa, in cui mi ha spinto un inesorabile destino.

- Speriamo in tempi migliori.

- Questi tempi non verranno mai, Maria; credetelo, non verranno: come non verrà mai il giorno che io potrò chiamarvi mia sposa.

- Perchè?

- Perchè!... e sorrise sinistramente, perchè vostro padre, corpo ed anima d'un re infame o tiranno non acconsentirà giammai alla nostra unione.

- Ma perchè? replicai sconcertata.

- Perchè io, nato da un uomo libero; figlio di onest'uomo; intollerante del dispotismo, non sarò prescelto ad esser vostro.

- Voi mi atterrite. Dunque bisogna separarci?...

- Separarci? - No... mai... Amiamoci. Maria, amiamoci, e in questo soave sentimento riponiamo la nostra fede, la nostra speranza. Un giorno forse, potremo esser felici! La nostra speranza è nel tempo. Se vostro padre... cessasse di vivere, ed io al certo gli auguro lunga vita, avran fine gli ostacoli. Se questa nostra Italia, potesse finalmente spezzare le catene con cui la tiene avvinta l'infame stirpe de' Borboni, oh! quel giorno, Maria, vi prometto di esser grande, di essere un eroe, di scagliarmi il primo su lo abbrutite falangi degli oppressori, e pel primo piantare sulle torri della nostra città il vessillo tricolore. Maria! se vivo, ve lo prometto, ed allora chi potrà negarmi la vostra mano? Chi?... Tutte le furie d'Averno non lo potrebbero. Il mondo intiero se congiurasse contro di me, sento che sarei capace di affrontarlo.

- Oh! però questi son sogni, riprese più calmo dopo breve pausa, ma chi sa che non debbano avverarsi!

Quindi stringendo la mia nelle sue mani, continuò:

- Intanto che noi aspettiamo tempi migliori, noi ci ameremo, ci saremo conforto l'uno all'altro, e procacceremo alle nostre anime quella pace che la fatalità ci vorrebbe rapire.

- Il vostro desiderio è il mio, risposi commossa fino alle lacrime...

Questo giorno, passato al fianco del mio amante, fu il più bello della mia vita, e lo ricordo sempre come una soave rimembranza.

CAPITOLO III.

Incidente doloroso.

Oimè! i piaceri della nostra vita sono fugaci: essi sono lampi che guizzano, e scompaiono per dar luogo ai dolori. - Era riserbata. a soffrire ben altre sventure!

Arturo, giovane irrequieto, non potè resistere e volle confidare il nostro segreto a mia madre, pregandola di parteciparlo al colonnello, onde ottenerne la sanzione. Mia madre lo dissuase; e cercò persuaderlo a rimettere quanto domandava ad altra epoca. Gli fece conoscere che il colonnello non acconsentirebbe alla nostra unione per la troppa nostra giovinezza, e per il grado troppo infimo che cuopriva.

Arturo non si acquietò: tentò convincerla, provandole che ottenuta l'approvazione di esser sua sposa, attenderebbe il tempo che piacesse ad essi, per unirci; che egli intanto cercherebbe ogni mezzo per cattivarsi la benevolenza de' suoi superiori, per potere al più presto possibile guadagnarsi un avanzamento.

Ma per quante ragioni, mia madre, ponesse in campo per rimandare ad altro momento un tal progetto non potè distoglierlo dal suo proposito. Arturo fu irremovibile al punto che mia madre dovè cedere, e promettergli tenerne parola a suo marito.

Nè mancai io pure, di pregare la mia ottima genitrice a secondare i nostri voti.

Infatti, la sera stessa, la povera mamma, ne tenne parola al suo sposo. Erano rinchiusi nel gabinetto. Io origliava alla porta, onde sentire la decisione; decisione per me di vita o di morte. Udiva a stento le loro parole: di quando in quando però la voce sonora ed aspra di mio padre, mi accertava che egli non era punto disposto a farci contenti.

La povera donna pregò, supplicò, pianse. Ma nè preghi, nè suppliche, nè lacrime commossero il cuore duro del proprio marito. Sconsolata, si ritirava, ed io fuggii nella camera attigua; ma mentre ella ritraevasi, seguitava sempre a scongiurarlo, e mi giunsero all'orecchie queste memorabili parole che mio padre pronunziò ad alta voce:

- Oh! il signor tenente ha delle follie per la testa; ma io gli appresterò tale medicina che lo farà tornar savio.

In udir ciò diedi in pianto dirotto. Nè le consolazioni di mia madre nè quella di mia sorella valsero a calmarmi. Mi assalse un fremito per tutto il corpo, e caddi in deliquio. Fui messa in letto. Mi sopraggiunse una febbre così gagliarda; che fu d'uopo chiedere i consigli d'un medico, e stetti malata otto giorni, durante i quali mio padre restò sempre burbero, e non mi rivolse mai una consolante parola.

Già cominciava a rimettermi, quando una mattina, che eravamo riuniti tutti quattro a far colazione fummo sorpresi in sentire una forte scampanellata.

Corse la donna ad aprire, e si udì la voce di Arturo, che domandava se il colonnello fosse in casa.

Rispose la donna essere egli occupato a far colazione, attendesse nell'anticamera.

Arturo, disse alla donna, che passasse parola al colonnello, avendo premurose cose da notificargli. Io tremava come una foglia.

Il volto di mio padre si fece sì cupo da mettere spavento. Si alzò repente e gridò:

- Che passi colui, che ha tanta premura di parlarmi.

Infatti, con passo spedito e franco s'avanzò Arturo, e rispettosamente salutò il suo colonnello.

Io non l'avevo mai veduto in tale fiera e nobile attitudine. La sua fisionomia dignitosa, e colma di sdegno ad un tempo, dimostrava la giustezza della sua causa, e la quiete della sua coscienza.

Mio padre gli lanciò uno sguardo che sarebbe bastato a far retrocedere un leone; quindi lo squadrò da capo a' piedi, e tornò a fissarlo in volto. Arturo, fermo, conservò il suo sangue freddo, e restò impassibile.

Mio padre si sforzò di calmarsi; quindi disse:

- Parlate!

- Ho ricevuto un ordine di partire posdomani per Capua. - Prego V. S. a volermi concedere che resti in Napoli.

- Osservate gli ordini che vi vengono dati.

- Ho i genitori avanzati in età, che reclamano la mia assistenza. Signor colonnello non vogliate dar loro questo dispiacere.

- Signor tenente, non sono i vostri genitori che reclamano il vostro soccorso... Non mentite!

- Io non mentisco, dico la verità. - Ella parla ad un uomo d'onore.

- Silenzio! urlò mio padre. Silenzio! - e dopo breve. pausa soggiunse, uscite!

- Ella revochi l'ordine!...

- Ma nel parlare, in tal guisa ad un vostro superiore, io non trovo altra scusa, che qualificarvi per pazzo...

- Io pazzo! urlò alla sua volta Arturo, io pazzo!... Ma signor colonnello voi mi oltraggiate, e rivestito di una divisa, qualunque siasi, non soffro oltraggi.

Mio padre indietreggiò d'un passo. La fisonomia di Arturo era giunta a tal grado di furore, veramente da incutere timore: mio padre credè bene prendere un tono meno austero e più pacato, e soggiunse;

- Signor tenente, il vostro contegno mi darebbe il diritto di castigarvi col massimo rigore: ma perchè non abbiate a dire che abuso della mia autorità, mio malgrado, capite, ci passo sopra. Se continuaste però, saprei farvi pentire dell'arroganza vostra.

- Signor colonnello, conosco da me stesso d'essermi male diportato verso un mio superiore; ma trovo ingiusto, e fuor di ragione di tramutarmi. - D'altronde prego, e la mia preghiera fu rigettata con indegno disprezzo dal mio capitano e V. S. mi riceve come si riceverebbe un miserabile. Quali sono le mie colpe per meritarmi ciò? Io lo vorrei sapere con quella franchezza e lealtà, che ogni militare d'onore dovrebbe avere per sua divisa.

- Voi siete bastantemente accorto da capir bene, senza ulteriori spiegazioni, il motivo della condotta che assumo, a vostro riguardo. Dovreste tacere, rispettare la mia volontà...

- Oh! tutto farei, se voi almeno mi lasciaste una speranza.

- Io non prometto nulla... col tempo... Avete un campo spazioso da percorrere... sta a voi... e... voi m'intendete.

- Signor colonnello, giacchè siete irremovibile, parto. - Pensate, che voi m'uccidete. Che!... Ha comandi per la nuova mia destinazione?

- Vi ringrazio.

Arturo si girò su' piedi, e partì.

Io restai come colta da un fulmine, nel mio sbalordimento mi sembrava di vedere Arturo colle lagrime agli occhi, col cuore straziato, sempre lì innante al mio genitore, implorando di non esser traslocato.

Mio padre si ricacciò sulla sedia, aggrottò le ciglia. e cessò di mangiare. - Seguì un silenzio di morte. - Niuno osava parlare. - Solo la povera mamma (ah! il cuore d'una madre ha sempre una corda più sensibile degli altri cuori) si alzò di repente, strinse il mio capo nelle sue palme, e scoccò due baci sonorissimi sulla mia fronte madida di sudore.

L'austero genitore a tale atto la fulminò d'uno sguardo tremendo; ella l'affrontò, e lo sostenne imperterrita, di modo che il colonnello temendo lo scoppio di una procella, abbassò il suo, e tacque. Mia madre partì.

Quella muta scena mi scosse dal mio torpore, mi rivolsi a mio padre e dolcemente gli dissi:

- La zia abbadessa desidera d'avermi presso di sè: vi prego, caro padre, ad effettuare i suoi, ed insieme i miei voti.

Egli bruscamente si alzò, e ritirossi nel suo gabinetto, senza profferir sillaba.

Il suo cuore si commosse, o si sdegnò d'avvantaggio? - Era questa la domanda che in quel momento faceva a me medesima. Giudicai però, che più sdegno che commozione si fosse operato in quel cuore feroce. E non ne andai errata.

CAPITOLO IV.

Catastrofe.

Partito Arturo per Capua, la mia vita passava in cupa malinconia. Il mondo non aveva più nulla di vago per me. Tutto era deserto e solitudine.

Intanto, dopo tre mesi dall'epoca descritta, mia sorella Caterina passò sposa di un negoziante, certo signor R.

Perduta anche la mia cara compagna, accrebbesi il mio isolamento, e fui più volte tentata darmi la morte, se un flebile raggio di speranza non mi avesse persuasa di serbare la mia esistenza.

Arturo, pochi giorni dopo la sua partenza, mi avea dato sue nuove per mezzo del conosciuto uffiziale, io le mie pel solito canale. Ma il nostro carteggio era scorato... frutto di anime addolorate. Pur proseguivamo a scambiarci parole di conforto, essendochè la speranza. benchè vana, ha sempre l'energia, e la forza di schierare innanzi a noi illusioni sì vaghe da abbagliare e la nostra vista ed i nostri sensi.

Verso quest'epoca, mia madre cadde malata, in sulle prime il male si manifestò poco inquietante; ma dopo pochi giorni si fece spaventevole, tutte le cure mediche a nulla valsero e dovette soccombere il 14 gennaio di febbre cerebrale.

Perduto l'unico appoggio che erami restato, mi persi totalmente d'animo, e rinnovai preghiera a mio padre di entrare in un chiostro per un anno almeno, onde rinvenire quella pace, che da ogni parte venivami tolta. Egli acconsentì molto volentieri a questo mio desiderio; desiderio che infine era il suo. Ma dovemmo prorogare questa nuova risoluzione, perchè fra il popolo napoletano era nato del male umore e minacciava una rivolta, e per distornarla o per intimorire il popolo stesso, il governo richiamò sulla capitale un buon nerbo di truppa dalle varie provincie, e per conseguenza intervenne anche lo squadrone di cui faceva parta Arturo.

Quest'accidente ristorò il mio coraggio, e desiderai una rivoluzione. - L'idea di andare nel chiostro svanì. Stava per rivedere l'oggetto del mio amore, e ciò era quanto più io poteva anelare.

Il giorno in cui arrivò il distaccamento di cavalleria in Napoli, tutta l'uffizialità si recò a complimentare il proprio colonnello, e si fu in quest'occasione che rividi Arturo.

Dio mio! come era cambiato! La sua fisonomia sì rosea e fresca, era divenuta macilenta e pallida; il suo sguardo sì vivo, era languido, e quasi spento... sembrava un cadavere. Non so chi mi sostenesse, e non cadessi a tal vista.

Mio padre pure lo fissò. Pareva non riconoscerlo, e dopo d'avere scambiato parole di convenienza cogli uffiziali, s'avanzò verso Arturo, e gli disse:

- Cosa avete fatto tenente?

- Sono in cattivo stato di salute.

- Ma cosa vi sentite?

- Sono etico. - Rispose francamente.

- Eh? diavolo! disse un suo camerata, non precipitiamo le cose. Bisogna che tu ti sottometta ad una cura, e tornerai in perfetta salute.

- Oh! sì, sì, rispose mio padre. Curatevi diligentemente. Se volete star presso i vostri genitori, ve ne do il permesso.

Arturo scrollò il capo, e mestamente soggiunse:

- È troppo tardi.

- Ma no, signor tenente, aggiunse mio padre, riguardatevi, e siate docile. Fatevi coraggio, che presto sarà facilissimo che abbiate un avanzamento.

- Grazie, signor colonnello. Approfitterò del permesso di V. S. per ritirarmi in famiglia. Era questo il mio voto ardentissimo.

L'effervescenza popolare si era calmata. L'apparato di numerosa truppa aveva consigliato il popolo a temporeggiare i suoi divisamenti. Il popolo è così fatto: se nel primo impeto trova un ostacolo, si ritrae e s'intana. Inferocisce quando nessuno lo contrasta.

Arturo si era ritirato presso la sua famiglia, e giaceva in letto malato di tisi polmonare. La sua delicata organizzazione continuamente contrariata, avevagli sviluppato quel morbo, che doveva trascinarlo al sepolcro. - Gli mancò, non vuo' dir la forza; ma la volontà di lottare, e dovette soccombere. Il solito uffiziale mi riferiva lo stato di sua salute; ma invece di dirmi come le cose si passavano realmente, per non accorarmi d'avvantaggio, le diminuiva, dandomi a credere non essere il male talmente grave da porre in pericolo la di lui vita. - Ma il cuore di donna, che raramente s'inganna, mi parlava un diverso linguaggio. Ne' miei eccessi di malinconia, lo piangeva come morto.

Non farà d'uopo che io dica, come quest'eventualità mi facesse passare il desiderio di rinchiudermi.

Mio padre però una sera mi parlò seriamente; mi fece conoscere, essere giunto il momento di ritirarmi presso la zia abbadessa, tanto più che era in casa sola, e non potere egli a causa delle sue ingerenze, occuparsi de' miei bisogni, nè della mia educazione. Mi tenne un linguaggio sì imperioso, da non permettergli nessuna osservazione: ma io però consigliata dall'amore, osai dichirargli non aver alcuna vocazione per la vita monastica, esser tempo sprecato quello di passare alcuni mesi nel chiostro. Dissi, mi sarei occupata nelle domestiche cure, che ove il caso si fosse presentato avrebbe avuto seco una mano amica pronta a soccorrerlo ne' suoi bisogni. Ma tutte queste riflessioni non valsero a rimuoverlo. - Soggiunsi infine che più volontieri mi sarei ritirata presso mia sorella, la quale, unitamente alla sua famiglia, di buon grado mi avrebbero accettato. Ma egli fu irremovibile, e mi die' tempo un mese per prepararmi ad entrare in convento.

Questa durezza m'inasprì talmente, e idee disordinate tante mi assalsero che non so a che mi avrebbero condotta, se un pensiero istantaneo non si fosse presentato a raddolcire la mia amarezza.

Decisi che mentre mio padre trovavasi assente pe' suoi servigi, sarei uscita quietamente di casa, e mi sarei recata da Arturo, per accertarmi da me stessa del suo positivo stato. La donna di servizio di nulla poteva accorgersi, perchè io usava ritirarmi in camera ad accudire ai miei lavori nel tempo stesso che essa sbrigava i suoi. Io sarei uscita modestamente abbigliata, così la mia gita non sarebbe notata. Il tragitto era breve, l'ora, di sera avanzata; quella appunto in cui mio padre andava in vari convegni, da dove non ritornava che tardissimo.

Il progetto era fatto, bisognava che lo ponessi in esecuzione. - Non senza un forte timore, una sera mi accinsi all'opera; ma il vivo desiderio di rivedere Arturo m'infuse tanta energia, che uscii e mi recai alla di lui abitazione. Salii due piani; ma nell'atto di picchiare m'assalì un tremito sì convulso, che non mi sentii la forza di afferrare il campanello. Mi decisi di tornare indietro, e riscesi la prima scala. Pentita la risalii, e presa da una vertigine, mancò poco che non cadessi, fui costretta ad appoggiarmi al muro. Riavuta un poco, afferrai il campanello e sonai. Di lì ad un momento, la porta s'aprì, ed una voce domandò:

- Di chi cercate?

- D'Arturo. Ho bisogno di parlargli.

- Chi siete?

A questa domanda non seppi che rispondere. Mi trovai confusa. Balbettai non so quali parole.

La madre di Arturo, che era dessa appunto che facevami simili interrogazioni, mi chiese nuovamente chi fossi e che volessi, perchè Arturo si trovava così aggravato, da non permettere che alcuno lo disturbasse. Così aveva ordinato il medico.

- Ebbene, buona signora, andate a lui, e ditegli se ha caro di rivedere Maria. Essa alzò le spalle, e per condiscendenza si allontanò. Sentii aprire un uscio; sentii dirglisi che alla porta vi era una giovine desiderosa di vederlo, per nome Maria.

- Maria! urlò il povero malato. – Maria! che..., non potè più proseguire, che un nodo di tosse lo interruppe.

Io non aveva lasciato il tempo alla buona madre di tornare a me, che già era volata al letto dell'infermo.

- Tu qui egregia fanciulla? tu non mi hai dimenticato? grande Iddio! se devo morire, moio contento ora!

La gioia inaspettata l'aveva privato di forza. Ci volle alquanti minuti per calmare l'agitazione di cui era in preda: allora gli narrai la mia storia.

- Se avessi la mia salute d'una volta, Maria, ti giuro che non saresti sacrificata all'esigenze d'un padre snaturato. T'avrei rapita, t'avrei salvata. Ma, vedi, io sono per lasciare questa vita, da cui sperava una immensa felicità, e...

Una pioggia dì lacrime lo interruppe.

Si rivolse a sua madre, la fece appressare, le prese una mano, e con dolcezza di paradiso, continuò:

- Madre mia, questa giovine ha perduto quanto aveva di più caro, la madre. È figlia del colonnello M..., di colui che mi ha ucciso. Vegliate su di essa!

La povera donna mi gettò le braccia al collo, e mescolò alle mie le sue lacrime.

Senonchè avanzatasi l'ora, pensai di congedarmi, promettendo ad Arturo che tutte le sere sarei venuta a visitarlo.

Infatti non mancai mai alle mie promesse. In casa mia tutto procedeva in regola; nessuno aveva trapelato quanto io faceva. Mio padre, come è da immaginarsi, si dava poca cura della propria casa. Il dolore della perdita della sua compagna, fu passeggiero. Erasi dato in balia di nuovi amori, e di scandalose avventure. - Io, senza curarmi di quanto succedeva, tirava diritto al mio scopo. Il male però di Arturo si faceva più grave di giorno in giorno: ma nessuno poteva prevedere quello che sarebbe accaduto fra poco, fiduciosi nell'antico adagio "fin che c'è vita, c'è speranza".

Una sera trovandomi in casa del mio amato, vi notai un giovine, che non conosceva. A tal vista, mi turbai alquanto; senonchè accortosi Arturo del mio turbamento, si fece tosto a dissiparlo, dicendo:

- Accostati, Maria, non temere di questo giovine; egli è come fosse di casa. È mio cugino, venuto da qualche anno in Napoli a studiar legge. Egli, vedi, ti sarà di qualche aiuto ne' tuoi bisogni, e quando il rigore paterno ti condannerà alla dimenticanza, ricorri ad esso, e confidati in lui, come ti saresti confidata a me medesimo.

Il giovine, per nome Celso, mi prese la mano, e con calore soggiunse:

- Vi giuro, bella sventurata, di sacrificarmi totalmente per la vostra felicità, e mi farete sempre un onore di ricorrere in qualunque circostanza a me.

Una mattina mio padre mi fa chiamare presso di sè. - Non senza un batticuore mi vi recai.

Qual fu la mia maraviglia però nel trovarlo, contro il solito gioviale e carezzevole. - Mi disse molte belle cose, fra le quali mi fece concepire le speranza, che fra pochi mesi mi avrebbe richiamata al suo fianco: ma era indispensabile che pel momento io mi fossi ritirata presso la zia, frattanto che egli non avesse dato sesto alle bisogne della casa e sistemati alcuni interessi urgentissimi. -

In verità credetti tal linguaggio sincero, ed era lungi dal supporre che fosse dettato dalla più perfida ipocrisia. - Nè mancai pregarlo di darmi qualche giorno di vantaggio, in caso che allo spirare del giorno stabilito non fossi del tutto pronta a rinchiudermi. Esso con tutta bontà mi accordò quanto domandava. - Finalmente aggiunse, che la domani sarebbe entrata a servizio una nuova governante, donna abilissima, per aiutarlo a dar luogo alle varie e molte riforme che voleva introdurre in nostra casa.

In buona fede credei a quanto con tanta bonomia mi andava dicendo, tanto più che il mio pensiero era rivolto talmente ad Arturo, che non mi dava la pena di commentare quanto udiva.

Infatti la dimane venne la nuova governante che era giovanissima, ed avvenente assai. Giudicai tosto che mio padre mi aveva illusa: essa non poteva essere che una sua amante. Nè m'ingannai.

Quest'incidente sconcertò tutti i miei piani. Tenuta d'occhio dalla nuova governante, e dal mio genitore. che a più buon'ora rendevasi in casa, mi convenne sospendere le mie piacevoli gite.

L'inquietudine tornò ad inasprirmi. Le giornate mi passavano noiose ed eterne.

Una mattina passando nel gabinetto di mio padre per caso gettai gli occhi sul tavolo, e vi scorsi una lettera: spinta dalla curiosità, mi appressai, riconobbi il carattere di Arturo e tremante lessi:

«Signor Colonnello!

Vicino a rendere lo spirito al mio Creatore, mi affretto a chiedervi di volere radiare il mio nome da cotesti ruoli. Unitamente alla presente vi restituisco la spada, emblema di schiavitù e di avvilimento, che per tre lunghissimi anni è stato il mio martirio. - Desidero morire da uomo libero, e non servo di chi regna dispoticamente a danno della mia patria infelice.

Prego Dio che vi perdoni il male che mi avete fatto, e lo prego come lo avrei pregato se non mi aveste rapito la maggiore felicità a cui anelava.

State sano.

ARTURO»

Una folgore che si fosse schiantata a miei piedi non avrebbemi sì sbigottita come quella lettura. - Ragunai tutto il mio coraggio, e ripiegata la lettera, mi affrettai ad uscire di casa, trovando la scusa di andare ad udir messa. Rapidamente volai da colui, che doveva rivedere per l'ultima volta. Vi regnava un silenzio di morte, interrotto da sordi e strazianti gemiti. - Il padre di Arturo, fuor di sè dal dolore, si picchiava coi pugni forsennatamente il capo. La madre derelitta, priva di sensi, giaceva sdraiata su una seggiola. Senza badare a chi siasi, m'inoltro nella camera dell'agonizzante, il quale stava supino, con gli occhi chiusi, immobile, assistito da Celso, e da un prete.

Mi appressai, gli passai una mano sulla fronte bagnata di sudore. Era fredda come un marmo. Appressai le mie labbra alle sue per sentire se respirava - alitava appena. - V'impressi un bacio - il primo bacio d'amore a cui siansi schiuse le mie labbra: bastò questo lievissimo tocco per scuotere Arturo dal suo sopore. Aprì gli occhi, sfiorò un sorriso, volle profferire una parola, che a stento pronunziò «Maria» quindi li richiuse per non aprirli mai più.

Il prete, e Celso si avvicinarono. - È morto! dissero. Non udii più nulla, non so come tornai a casa, nè quello che mi accadde: ricuperai il mio intendimento, solo quando un medico ebbe finito di salassarmi, e giacqui malata per più di quindici giorni.

CAPITOLO V.

Il sacrifizio.

Verso i primi di marzo, abbigliata da festa, chiusa in una carrozza, accompagnata da mio padre, dalla sorela e da mio cognato, veniva portata al convento R*. - Colà giunta, mi si affolla intorno uno sciame di monache: chi mi guarda, chi mi tira a sè, chi mi rivolge amabili parole, chi mi fa broncio, in guisa che mi avevano nauseata colla loro scurrile loquacità, ed indiscreta curiosità. - Intanto i miei parenti prendono commiato: e si richiudono quelle porte, sul cui frontone vi è scritto indelebilmente il verso noto del grande Alighieri:

"Lasciate ogni speranza, voi ch'entrate."

Rimasta in compagnia della zia abbadessa e di qualche altra monaca, fui condotta sopra nelle stanze della mia parente, la quale cominciò a spifferarmi un sermone adatto per una di quelle nature deboli e superstiziose, fuor di luogo per me. Mi magnificò la vita claustrale, i pregi della castità, le dolcezze della solitudine, le piacevoli sensazioni, la facilità per salvar l'anima, e tutta quella sequela di balordaggini ascoltai nel massimo silenzio, senza neppure alzare gli occhi da terra. Senonchè fui costretta a rispondere alle vane domande, che l'abbadessa mi rivolse.

- Mia cara fanciulla, non sei contenta di trovarti presso di noi?

- Per poco tempo sì, ma per molto no.

- Oh! non bisogna parlar così. - Sulle prime, voglio convenirne che ti troverai smarrita; poi vedrai che questa vita ti piacerà, e vi troverai delle dolcezze che tu certamente ignori.

- Comunque sia, io non sono entrata qui per farmi monaca, soggiunsi per vedere di scuoprir terreno, vi son venuta onde dar luogo al babbo di sistemare la casa e i propri interessi.

- Ma nell'avvenire, fuori di Dio, nessuno vede. Potrebbe anche darsi che accadessero nella tua famiglia tali eventualità, da consigliarti a prendere un velo, il quale al certo ti assicura un pane finchè vivi, ti salva dalle noie mondane...

- Ma, cara zia, quello che voi chiamate noie mondane per me sono piaceri deliziosi, come ciò che voi chiamate vita beata, per me la qualifico vita d'inutili sacrifizi.

L'abbadessa crollò il capo come volesse dire: il terreno è sodo. Quindi riprese:

- Le gioie mondane sono ombre, fantasmi, illusioni a cui non dobbiamo attaccarci. Rifletti che abbiamo un'anima sola, alla quale dobbiamo ben pensare e cercare di salvarla, per non trovarci poi a gemere per una eternità nell'inferno.

- Non c'intendiamo. Ambedue abbiamo ragione: ma è d'uopo, che rispettando io le vostre opinioni, voi rispettiate, le mie.

- Non ti capisco affatto.

- Mi spiego. Noi due camminiamo alla medesima meta per diversa via. Da ambedue si può fare un felice, come un pessimo viaggio. Chi ce lo assicura?

- Chi mi dice che vivendo nel mondo possa perdere l'anima, e chi a voi che vivendo nel chiostro possiate salvarla?

- Per amor di Dio, figliuola, non ragionar così! Tu sei in errore!

- Siam sempre nell'istesso punto. Invece io dico, che nell'errore siete voi.

- Taci, taci, il tempo ti darà più miti ed assennati consigli. Procura, cara figliuola, di diportarti saviamente, di non dar scandali, di adempiere a' tuoi uffici, e di stare in grazia di Dio. Vedrai che sarai felice.

E ciò detto, mi condusse nella mia camera, dove lasciata sola, potei dar sfogo al dolore che mi straziava, piangendo.

Trascorsa forse un'ora, entrò nella mia stanza una monaca, dicendomi se volessi prendere per conversa una certa Elisa, la quale era molto desiderosa di trovarsi presso di me.

Le risposi che non poteva arbitrarmi a nulla, dipendendo totalmente da mia zia.

La monaca soggiunse che facessi di tutto per prendere Elisa, e a pregare mia zia a non volermi dare che essa.

- Qualunque sia, replicai, l'accetto, o l'una o l'altra per me è indifferente.

- Ma no, carina, non dovete dir così. - Vostra zia vi dà per conversa una donna cattiva ed antipatica a tutte. È una certa Dorotea, la spia della superiora, la discordia del convento.

Le promisi di fare quanto mi consigliava per levarmela d'attorno, e restai alquanto sorpresa del suo linguaggio.

- Dunque, dissi fra me, anche fra le sante monache vi sono animosità, invidia, odio e disprezzo. Fra queste sacre suore vi sono pure antipatie e simpatie. - E dov'è, ipocrite sfacciate, la virtù dell'umiltà, della pazienza, del perdono? E avete il coraggio di dire, che la via che percorrete è l'unica che conduca al cielo?

Il mio monologo fu interrotto da una suora, che dicevami, mi portassi dalla badessa. Giunta da mia zia, questa mi disse:

- Eccovi, figliola mia, una cara compagna, educata, buona, affabile, servizievole. Amatela, che questa è la vostra conversa e la vostra guida.

Mi rivolsi a guardare la compagna che erami destinata. Era una donna su i quarant'anni, di giusta statura, brutta, d'un lividore spaventevole, col labbro inferiore cadente sul mento, col naso arricciato, con gli occhi piccoli e rossi.

Non risposi, nè ringraziai.

La conversa mi prese per la mano, e mi condusse a girare i dormitorii, e le altre parti del convento.

- Vedete. diceva, vedete quanto lusso, quanta comodità, quante bellezze!

- E che importano a me simili cose?

- Importano! Almeno potete assicurarvi che qui non manca nulla... propriamente nulla. – Qui, vedete, voi sarete servita come una gran dama, rispettata a paragone di tante altre monache ricche e titolate... Sarete invidiata da tutte!

- Invece io avrei più caro che mi disprezzassero.

- Baie! dovendo viver qui, bisogna lasciare queste ideacce.

- Ma io non devo viver qui.

- Oh! vedrete che ve ne verrà la volontà. È così bella la vita del chiostro!

- Per me è orrida.

- Non lo credete, tutte sulle prime tengono il vostro linguaggio, ma ben tosto cambiano di parere.

Venne intanto la sera. Fui colta di stupore nel vedere che la conversa dormiva nella stessa mia camera. Tal cosa mi crucciò. Nondimeno mi fu giocoforza ingoiare quest'amara pillola.

Appena coricata, la conversa s'addormentò.

- Io non potei avere questo benefizio. Mi risovvenne la mia fanciullezza passata tra gli amplessi materni, tra giochi innocenti... la crudeltà di mio padre... l'amore per Arturo... le delizie e gli affanni provati... la promessa che Celso non mi avrebbe mai abbandonata, le speranze, i timori, le gioie, le ambascia, i sogni dorati, le disillusioni... la morte sociale. Attaccavo un sonno: ma di rapente mi svegliava tutta tremante. L'agitazione non mi dava posa. Or sur un fianco, or sull'altro, or supina, non trovava una posizione adatta a ristorare le mie forze. Il letto mi sembrava spinoso. Come Dio volle l'alba spuntò, e si fu allora che potei gustare un poco di riposo, ma di breve durata, perchè la mia conversa mi svegliò per andare ad udir la messa.

Mi alzai, e la seguii. Giunta nel coro, vidi una quantità di monache inginocchiate, astratte, cadenti chi dal sonno, chi da eccessiva debolezza; svogliate masticando preci mentalmente, col pensiero vagante, osservando ora questa, ora quella, bisticciando all'orecchio della compagna i difetti di quella, i commenti su tal altra, e frizzando una terza che non godeva la sua stima.

Finita la messa, mi trovai circuita da tre o quattro monache non esclusa Dorotea, le quali decantavano la mia bellezza. il mio portamento, le mie grazie.

- Non m'incensate tanto, rispondeva io, non mi appiccicate delle qualità che non ho.

- Sapete, che sareste una bella monaca?

- Possa il vostro augurio non avverarsi giammai!

- E perchè? rispondeva l'altra.

- Perchè è uno stato contro la mia vocazione, e in così dire, le lasciai bruscamente. Sentii bisbigliare varie cose sul mio conto: non vi diedi orecchie.

Giunta nelle mie stanze, mi si appressò la conversa, e in tuono piuttosto autorevole, mi disse:

- Vi avverto, signorina di essere più docile, più cauta, e di parlare con meno arroganza.

- Ed io vi avverto, ripresi alquanto risentita, di non seccarmi in tal guisa.

- Non alzate tanto la voce, e siate più sommessa! soggiunse imperativamente.

- Io non dipendo da voi, e se credete farmi da padrona, fino da questo momento vi licenzio.

- Licenziarmi!... voi!... e si mise a ridere sardonicamente.

- Signora Dorotea, uscite!... gridai - uscite, vi dico! - indicandole la porta.

Ella si pose a ridere più forte.

- Se siete pazza vi compiango; ma viva Dio, se non avete perso il senno, vi rompo il muso, e accompagnai le parole col gesto.

La sguaiata allora si mise ad urlare come una ossessa.- Aiuto! gridava, aiuto! mi vogliono battere!

Alle grida accorsero varie monache, le quali cercavano la cagione di quello schiamazzare. Tentai di parlare: mi fu impedito da quella trista monaca, che con urla assordanti diceva avere io bestemmiato Dio, percossa lei e simili fandonie. Fortunatamente intervenne la badessa, la quale intimò per più volte il silenzio, e alla fine l'ottenne. Allora potei giustificarmi.

La badessa mi condusse seco, mi rimproverò aspramente, dette ragione alla conversa, e m'ingiunse, che non avessi ardito suscitare ulteriori scandali, chè mi avrebbe punita severamente. Questo linguaggio mi spiacque; ma soggiunsi che se doveva rassegnarmi al mio destino, mi si togliesse dal fianco quella donna, altrimenti gli scandali sarebbero scoppiati più forti.

La zia si ostinò; io più ostinata di lei, replicai, che se non mi levava quella conversa, avrei rinnovato dolorose scene, e fin da quel momento ne chiamava essa sola responsabile.

Suo malgrado la zia dovè piegarsi alle mie esigenze, e presi meco Elisa. Tutte le monache ci ebbero gusto. Dorotea scornata dovè battere la ritirata, e tutto il monastero fu in festa.

Debbo confessare il vero. Elisa era d'un carattere semplice e buono, e con essa passai giorni più lieti.

In questo periodo venne a visitarmi mio padre; semplice visita di convenienza. Più tardi vennero mia sorella e suo marito. A questa narrai le mie ambascia, e tanto essa che mio cognato mi promisero di non sacrificarmi, ma tal promessa mi fu fatta con parole così fredde, che poco o nulla mi rassicurarono.

Quindi ebbi altra visita. La madre di Arturo. Povera donna, nel vedermi si mise a piangere come un fanciullo, Non mi fu concesso di esser sola. In mia compagnia aveva la conversa, e la priora. Per buona sorte, la priora fu chiamata, e restai guardata dalla sola conversa. Di lei non mi ritenni, e domandai all'afflitta madre le nuove di sua famiglia. Mi narrò che mio padre, dopo la morte di Arturo, le aveva fatta la più terribile guerra, che era stato la causa che fosse messo in disponibilità suo marito, e trovandosi privo di soccorsi si era ritirato a Chieti suo paese nativo, dove aveva piccola possessione, insufficiente però a soddisfare i propri bisogni. - Disse che era venuta a darmi un addio, di rimettermi nella volontà del Signore, e mi lasciò sperare che Celso non mi avrebbe dimenticata. Mi disse pure che mio padre viveva con una concubina, che facilmente avrebbe sposata. Soggiunse ancora che io era designata a vestire l'abito monacale, e mi fossi data pace.

Questa rivelazione gettò la desolazione nell'anima mia. Disperata ormai, non vidi più campo di salvezza. Invocai la rassegnazione: ma invano. La rabbia e il livore si erano troppo impossessati di me, per poterli signoreggiare.

In conseguenza di ciò, un giorno andai da mia zia, e le dissi, che se volevami più sommessa, esigeva da lei essere istrutta del mio avvenire. - Mia zia mi diede risposte evasive, sicchè nulla potei sapere. - Delusa nei miei tentativi, evocava dal fondo dell'anima tutto il coraggio che possedeva, e rivolto il pensiero a Dio cercai quella consolazione che gli uomini mi contrastavano.

Elisa mi era di molto sollievo. Anch'essa povera fanciulla era una vittima della superstizione. I suoi genitori condannarono due suoi fratelli a farsi preti, e due sorelle monache. Così quegli egoisti si privarono della consolazione di convivere con i quattro loro figli per restar soli, isolati e tristi.

Ditemi ora ipocrite, bacchettone, baciapile, santocchie e simile marmaglia, se questo è seguire il vangelo, cui dite rispettare, ossivvero seguire la scuola di Satana? Io dico, e credo dire il vero, che voi sareste degne di essere, appunto per il vostro feroce bigottismo, condannate a subire il supplizio che infliggevasi dai Romani alle colpevoli Vestali.

CAPITOLO VI.

La vita del chiostro,

Per non stancare il lettore non starò a dir come aumentassero in modo strabocchevole nella nostra Italia i conventi di monache, di suore e l'infinito proselitismo di queste sette. Io non gli metterò avanti una statistica di questa numerosa famiglia, che sotto il manto della religione predicata dall'uomo-Dio, commette i più nefandi sacrilegi, predica le più assurde teorie, sofismi ridicoli fuori di senso, adulterando così la vera ed unica dottrina lasciataci dal divino Legislatore. - Ognuno potrà, come dissi convincersene gettando gli occhi su le tante statistiche compilate da uomini onesti e conscienziosi.

Non parlerò dei frati e dei preti. Tutti sanno ciò che fecero di male alle scienze, al progresso, alla civiltà, all'umanità infine, questi sedicenti sacerdoti di Dio. Eglino, abbisognando delle tenebre, dell'ignoranza e del più gretto servilismo per tenere in qualche rispetto le loro sciocche e grette credenze, furono costretti ad erigere tribunali d'inquisizione, roghi, orribili prigioni. spaventevoli supplizii cui mente umana non è da tanto a descrivere. I governi nel loro dispotismo associavansi a questi scellerati, e così prese in mano le redini, col terrore governavano i popoli facendo strazio di quegl'infelici che tentassero gettare uno sprazzo di luce sulle moltitudini. In siffatta guisa l'altare, e il trono si fecero di puntello.

Ma per meglio ottenere i propri intenti, vi fu bisogno di creare la confessione, col cui mezzo spiare gl'intendimenti umani, penetrare nel sacro asilo delle famiglie, conoscerne i pensieri, studiarne le tendenze, i costumi, strapparne i segreti, gettare la discordia fra' parenti, l'odio fra gli amici, lo spavento nelle coscienze. Quest'ardita invenzione fu un efficace ritrovato per la fermezza dei troni, poichè con tal mezzo i preti avvertivano i tiranni, e questi si ponevano in guardia, e nel sangue spegnevano i generosi iniziatori di un'era novella.

Torno a' miei fatti. Insciente della vita monastica, non poteva penetrarne tutti i reconditi misteri. Mi accorsi che ogni monaca aveva un confessore scelto di suo soddisfacimento. Questi direttori spirituali, come esse dicono, sono i loro consiglieri, i loro tutori, i loro amanti, i loro idoli, il loro tutto; ma se lo domandate ad esse vi diranno, che essendo segregate dal mondo han d'uopo d'un confidente, d'un verace amico, che le ammonisca, che le diriga, e loro serva di guida per salvare l'anima. - Questa è pretta menzogna. E perciò allora sono elleno gelose se il proprio direttore si fa lecito confessare altra monaca? Perchè trattenersi per due o tre ore nel confessionale da sola a solo? Per qual motivo spessissimo le monache si fingono malate, onde avere il confessore nella propria camera? Perchè vicendevolmente scambiansi bigliettini? - Io vorrei sapere la soluzione esatta di tutti questi problemi, e non isbaglio nell'asserire, essere tutto ciò una tresca amorosa, una continua relazione di ributtevoli e vergognosi amori.

Ma qui non finisce. Più sotto nella lettera che diressi a mio padre, e che testualmente trascriverò, potrà il lettore conoscere altre verità, minuziose sì, ma non edificanti. Intanto mi accingo a narrare un altro fatto, degno di non passare inosservato.

Tanto mia zia che le altre monache, mi riguardavano come un essere scandaloso e pernicioso. Per convertirmi, come esse dicevano, furono unanimi a darmi per confessore un reverendo dalla faccia tubercolosa, dalle gote grasse e paonazze, giovane anzichè no, tendente a' frizzi, e all'ilarità; ma altrettanto austero con le penitenti, e godeva il nome di profondo teologo, e di abile confessore. Era costui insomma il predestinato a convincere le fanciulle recalcitranti, ostinate, e ad insinuar loro la volontà di abbracciare la vita claustrale.

Giunta nel confessionale, m'inginocchiai, disponendomi a dirgli, come è consueto, le colpe commesse.

Esso, invece mi fece sedere, rivolgendomi la domanda, se mi facessi o no volentieri monaca.

- No, risposi, son qui per pochi mesi.

- E perchè non farvi religiosa? Perchè amare il mondo, il quale non offre che vane pompe ed illusioni continue? Ove si cerca invano la pace del cuore? - Invece qui l'anima si pasce continuamente nel delizioso pensiero del cielo; qui non vi sono nè dolori, nè affanni. Qui trovasi la vera, la sola, l'unica felicità.

Intanto io, già stanca della zolfa pretesca, vagava chi sa dov'e col pensiero, e le mie dita si divertivano col nastro del mio grembiale, quando il reverendo, accortosi della mia astrazione, interruppe il sermone, e mi disse:

- Che ne dite, dunque voi?

- Di che cosa? risposi scuotendomi.

- Di che cosa? Oh! non avete inteso quanto ora vi ho detto?

- Ma padre mio, una volta che io non mi sento la volontà di farmi monaca, a che ripetermi gli elogi di questo stato? Ben per esse se ci stanno bene. Io per me prescelgo l'inferno del mondo, al paradiso dei conventi.

Il prete si morse per rabbia le labbra; ma impassibile continuò:

- Il vostro linguaggio non è quello che addicesi a fanciulla appartenente a nobil casato. Le vostre parole offendono la somma bontà di Dio, il quale si è degnato chiamarvi nella sua santa casa, per farvi sua sposa, e liberarvi dalle unghie de' profani.

Per tutta risposta crollai il capo. - Il reverendo trovando il terreno non troppo cedevole, abbandonò il tono predicabile, e con voce più melliflua, proseguì:

- Ditemi, avete mai amato?

- Anzi, molto.

- Amate sempre?

- Ciò non deve interessarvi.

- E sì che deve interessarmi. Il confessore ha diritto di saper tutto dalla sua penitente.

- Signor reverendo, se volete ascoltare la mia confessione, sono disposta a rivelarvela; non sono disposta però a pascere la vostra eccessiva curiosità.

Questa volta nuovamente tornò a mordersi le labbra da farne spiccare il sangue. Ma continuò con una pacatezza ammirabile:

- Vi scambiate fogli o biglietti?

- Presso a poco ho fatto quello che le monache di questo convento fanno coi loro direttori spirituali.

Un sorriso satanico apparve sulle labbra dell'interrogatore, che proseguì:

- Avete mai passato istanti da sola a solo coll'oggetto amato?

Non risposi.

- Tacete?

Non feci verbo.

- Ci passarono mai confidenze?

- Spiegatevi.

- Cioè... riceveste strette di mani...?

Mi alzai, e mi accingeva a partire, quando il padre sgranando due occhiacci da spiritato, gridò: - Cosa fate?

- Vado a fare una passeggiata.

- E voi trattate così la confessione? Ma voi siete dannata, figliuola!...

- Peggio per me! Voi pensate alla vostra, io penserò all'anima mia.

Non so perchè il reverendo bonariamente mi licenziasse, e più bonariamente m'invitasse per la dimane. - Io, d'altronde, voleva diportarmi così malamente con tutti, per stancarli, onde mi avessero cacciata via.

L'indomani, eccomi di nuovo nel trono pretino, al famoso confessionale.

Trovai il reverendo tutto allegro, e:

- Come avete passato la notte? mi disse dandomi un pizzicotto nella gota destra.

Fui sul punto di dargli una ceffata, non so chi mi rattenne. - Non risposi.

Via, fanciulla mia, siate buona, e vedrete che le vostre ubbie si dissiperanno. Se avete delle angosce confidatele a me vostro direttore, ed io vi additerò i rimedi opportuni per lenirle. Sono disposto pure, in caso che voi abborriste lo stato monacale, di fare qualche cosa a vostro vantaggio.

Pensai tra me di pormi al volto la maschera della simulazione per vedere di ottenere quanto desiderava. Vedeva d'altronde che la sincerità non portavami a nessun risultato. Cogl'ipocriti non bisogna esser leali; fa d'uopo essere destri e sagaci.

Mi prostrai al confessore. Questi mi fece assidere. Mi parlò nuovamente delle gioie del chiostro, della grandezza di Dio, della bellezza del paradiso, dei pericoli mondani, ecc. Ascoltai tutto sommessamente. Parve al reverendo di avermi dominata, convertita, e ne andò tronfio. In convento feci egualmente. Mi diportai più scaltra e più cauta. Le monache, nonchè mia zia, notarono la mia mutazione, e se ne mostraron contente. - Ma nel mio interno nessuno leggeva. In me ruggiva un uragano, che minacciava scoppiare al più lieve tocco.

Il reverendo intanto mi teneva dei discorsi che io fingeva non capire; ma che pur troppo mi rivelavano i suoi tristi fini. Nel chiostro si diventa donne innanzi tempo, e s'imparano cose, che nel mondo si sarebbero ignorate. Sì, lettori miei, persuadetevi che il chiostro è una scuola di dissoluzione e di depravazione. È una casa, per parlar schietto, di prostituzione, e lo dico senza tema di esagerare, perchè il parallelo che faccio è molto al disotto della realtà.

Il prete si faceva pur lecito d'accarezzarmi, ed io bruscamente più volte gli feci capire che non voleva simili confidenze.

Un dì mi consegnò un involtino, dicendomi che entro vi erano due libri, li leggessi mi avrebbero molta divertita, pregommi in pari tempo di non farli vedere a chicchessia, e di custodirli gelosamente.

Io era ben lungi dal figurarmi che tali libri fossero tanto immorali e laidi; ma lettili, sentii che la coscienza mi rimproverava altamente di avere accettato simili lordure. Erano questi intitolati - Corrispondenza famigliare di due religiose. - l'altro Fanny, o la Meretrice inglese. - Dio mio! restai inorridita a sì schifosa lettura. Mi sembrava d'aver commesso un gran delitto, e stetti due notti senza chiuder occhio, tanto l'agitazione mi aveva scosso le fibre. Ma cessò ben presto il mio stupore quando seppi che molte e molte educando tenevano simili libri, ed anzi una che mi era amica, me ne aveva offerti altri di simil genere, e più immorali, e più osceni. Per la qual cosa non mi sentiva neppure il coraggio di tradurmi al confessionale, tanta era in me la vergogna che provava.

Feci, come suol dirsi, di necessità virtù, e tornata avanti il mio confessore, questi mi dimandò subito se avessi trovato diletto nella lettura affidatami.

- Si, gli risposi arrossendo.

Il prete, tutto lieto, si fece tanto ardito da manifestarmi l'amore che nutriva verso di me.

- Reverendo, parlate sul serio? gli dissi con tragica sostenutezza.

- Si, figliuola mia. Io sento per voi un amore che con parole non posso esprimervi.

- Ma voi date volta al cervello. Io non posso amarvi, perchè odio la vostra setta nemica del bene dell'umanità: e poi con quale scopo dovrei amarvi, se avete rinunciato al santo nodo del matrimonio soffocando con falsi sofismi le imperiose leggi della natura?

Avrei più detto; ma non volli subissare in un punto quanto andava mulinando di fare e mi contentai di rivolgere al prete attonito, un maligno sorriso.

- Io non intendo d'amarvi profanamente, intendo amarvi spiritualmente.

- Quest'amore, padre, mi è sconosciuto.

- Io parlo dell'amore santo, sublime; ideale. Voi non amate Gesù Cristo?

- Senza dubbio.

- Io propongo d'amarvi come voi amate Gesù Cristo.

- Ebbene, amatemi, che allora non vi è bisogno di esternarlo.

- Sì, perchè voi pure siete tenuta ad amarmi come Gesù Cristo ama voi, non esternandolo noi ne saremmo inscienti, e l'amore non può sussistere isolato.

- Vi confesso, o padre, che questa dottrina è al disopra della mia intelligenza. Piacciavi di spiegarmela. minutamente in iscritto, onde possa colla forza della memoria penetrarne gli arcani.

Il prete si chiamò soddisfatto e promisemi fare quanto desiderava. Egli era ben lungi da immaginare il mio progetto. D'altronde l'uomo acciecato dalla passione non ragiona più con lucidezza di mente: ma fassi trascinare là ove la passione stessa lo conduce.

Più presto che non credeva, ricevei dalle mani stesse del confessore la seguente lettera, che per intiero qui trascrivo.

«Fanciulla mia dilettissima.

A quanto vi esposi verbalmente, d'amarvi cioè con tutte le forze dell'anima mia, di quell'amore che si tributa al nostro divin Redentore, aggiungo per quiete della vostra coscienza, che quest'affetto puro, innocente, innocuo, non solamente è giusto, ma necessario per la salvazione dell'anima vostra. Senza che voi, fanciulla mia, sareste perduta irreparabilmente, essendochè i vostri canoni stessi vi dicono che le penitenti debbono nutrire devozione, ubbidienza, e fiducia pe' loro confessori. - Voi pertanto siete tenuta ad amarmi e secondare i miei desideri, ed a dipendere unicamente da me in tutte le vostre operazioni. Trasgredendo, voi offendete la Divinità. In me solo dovete confidarvi; io devo essere il vostro tutto, capite bene, ogni vostro pensiero, ogni vostro segreto, ogni vostra azione deve essermi comunicata, onde coi miei consigli, attinti dallo Spirito Santo, possa con certezza tracciarvi la via scabrosa del paradiso.

Vi ripeto dunque, fanciulla carissima, di ubbidirmi ciecamente, anche senza capire il significato di quanto fate, perocchè la nostra Religione si pasce nei SS. Misteri, che nessun profano può, senza commettere grave peccato, scandagliare.

Nella speranza pertanto di godere la vostra fiducia, gli affetti del vostro cuore, e di chiamarmi possessore dell'anima vostra

Mi dico per tutta la vita

Il vostro DIRETTORE.»

A questa lettura restai trasecolata. Più volte dimandai a me stessa se fosse un sogno o realtà quanto mi accadeva, tanto le mie facoltà n'erano sconcertate.

Ma sapeva io che farmi. Anticipatamente aveva preso la mia via, e quella soltanto desiderava percorrere. Ben conosceva già, che un prete non può sentire in sè che un amore sensuale; se l'anima, sua fosse stata suscettibile del puro e santo amore di che la natura arricchisce i nostri cuori, avrebbe rinunziato al collare. Il prete, come tutti i libertini, ama cogliere le primizie dello amore, gustatele abbandonarle, per dedicare le sue seduzioni ad altra incauta. Che importa ad esso il sacrifizio di un'infelice, se i suoi sensi ne sono soddisfatti? Che gli importa una vittima, purchè questa gli crei nuovi piaceri? Il prete è un mostro detestabile, tanto più che non è mai coerente coi suoi principi. - Egli vi loda la castità, ed è il primo a violarla, se gliene chiedete ragione, vi dice essere il prete di carne come qualunque mortale, e badar bene a ciò che dice, non a ciò che fa. Empia, ed infame teoria!

Il mio sdegno altresì fu provocato da quella lettera tessuta con tanta astuzia e scaltrezza. Quella bugiarda semplicità, quel misto di sacro al profano, quelle ridicole frasi, quel giro di parole misteriose, finirono ad eccitarmi tutto il disprezzo per l'autore. Ormai mi era d'uopo scegliere una via: o darmi al prete, e subire la sua dominazione, o indietreggiare ed attirarmi la sua persecuzione.

Attenendomi all'ultimo che faceva? Quello che era accaduto alle altre: esser punite, e malvedute dalla maggioranza delle monache, poichè noi non siamo credute, e i preti sì. - Non è qui il tutto. Sortita dalle mani di quel vampiro, non doveva gettarmi in quelle d'un altro? L'esperienza mi aveva fatto molto ben conoscere, che dei padri che frequentano i conventi, onesti ve ne sono pochi, quasi punti, libertini e licenziosi tutti.

Interrogai anche la mia amica su questo proposito. Ella ingenuamente mi confessò che il suo direttore la accarezzava, la baciava, e voleva esserne ricambiato. Che se la stringeva al cuore... e taceva facendosi rossa. Mi narrò pure che una sua conoscente amoreggiava con un chierico, e dalle grate per mezzo di fili tenevano la propria corrispondenza amorosa. Altra educanda pure amoreggiava di notte con un giovine borghese da un finestrino di una stanza terrena. E siccome queste cronache si narravano quando eravamo in compagnia di tre o quattro amiche, vi era qualcuna più ardita che svelava cose di maggiore importanza. Infatti, una disse che mesi indietro fu espulsa una monaca perchè era incinta. - Che una superiora aveva partorito in convento, e s'era tutto abbuiato, non sapendosi neppur la fine del misero nato; ma sospettarsi essere stato gettato in una cloaca del monastero stesso. Un'altra giurava di avere trovato in impuri abbracciamenti la sagrestana col sagrestano della chiesa. Un'altra monaca essere impazzita per lo abbandono del suo confessore, il quale aveva lasciato quel convento per altro di maggior lucro, e a tali racconti ne succedevano altri, che il rispetto mi impone di passare sotto silenzio.

Può chiunque immaginarsi come restassi scandalezzata dalle rivelazioni delle mie compagne, e da quanto accadeva a me stessa.

Io che allevata rigidamente, e che teneva il mio onore, e il mio decoro come cose preziose, io che aborriva il chiostro come il diavolo la croce, poteva restarmene lì a vegetare fra le dissolutezza monacali? Anzichè esserne allettati i miei sensi, provarono invece un tale disgusto che non ebbi pace fino a tanto che non mandai ad effetto il mio proponimento. - Ferma nella mia volontà, finalmente mi vi decisi, aspettandone le conseguenze.

CAPITOLO VII.

Rivelazione.

Presi i due libretti osceni e la lettera amorosa del reverendo, involtai il tutto in un foglio, e lo suggellai: quindi scrissi la seguente:

«Carissimo Padre,

Alla presente, unisco un piccolo involto di scritti, che vi degnerete leggere attentamente, onde vi convinciate della educazione che le giovani ben nate ponno apprendere nei chiostri. Mi limito a farvi noto questo piccolo saggio, bastante però ad illuminarvi, che chiostro e postribolo sono sinonimi. La lettera è scritta. e a me diretta dal mio confessore.

Tralascio di notificarvi molte cose, temendo di offendere la vostra suscettibilità.

Dopo ciò, padre mio, io vi domando, se sarete tanto crudele di prolungare la mia prigionia, in un luogo ove l'anima si deturpa, e i sentimenti dell'onestà si trascinano nel fango.

Aggradite i pochi dolci che vi offre la vostra affez.a figlia

MARIA.»

L'involto, lo misi in fondo di un panierino, sopra cui accomodai simmetricamente vari pasticcini, biscottini e ciambelle, pregando la donna del Monastero (previo ordine della badessa), recarli a mio padre.

Non so l'effetto che quella lettura gli fece; so che l'indimani di buonissim'ora si recò al convento, chiedendo di sua sorella. Volle pure che fossi presente anch'io, e appena posto il piede nella stanza di ricevimento, con ira repressa, incominciò:

- Mi congratulo con voi, amabile sorella, del bel sistema che tenete per la educazione delle fanciulle, e nel tempo stesso per la salvazione delle loro anime. Io sono non maravigliato, ma esterrafatto nel vedere un monastero ridotto a postribolo.

La zia non senza un qualche turbamento, voleva parlare; ma mio padre non gliene lasciò il tempo, e proseguì con tuono beffardo:

- Non vi stupiscano, cara sorella, le mie parole; queste le appoggio coi fatti e con documenti che nessuno potrà contrastare. Prendete e leggete. - A domani la risposta. E ciò dicendo le gettò l'involto, che io gli aveva mandato, e senza fare altre parole uscì. Io restai pietrificata. Mia zia afferrò l'involto, si alzò, e si ritrasse, dicendo:

- Vediamo di che cosa si tratta.

Mentre la sera era in procinto di coricarmi, la conversa dell'abbadessa, mi chiamò in suo nome.

- Senza replicare vi andai. Colà giunta mi ordinò di sedere. Ubbidii. - Lessi nel volto della zia un turbamento eccessivo.

- Non potrete negare, mi disse finalmente, essere stata voi quella che ha scritto a mio fratello questa lettera, ed inviati questi libri'

- Non lo nego.

- Perchè non esternarlo a me, anzichè ricorrere ad altri?

- Perchè non sarei stata creduta. Perchè mi sarei tirata addosso la persecuzione di tutte le monache.

- Non è vero quanto dite. Voi avete fatto ciò per esser levata di convento. Dite la verità.

- Potrebbe darsi anche ciò.

- Vi persuadete aver fatto male, ciò che avete fatto?

- No.

- Come! non sareste pronta ad un atto di umiliazione, ad una ritrattazione infine?

- No.

- No? Ma via, fanciulla mia, per onore nostro, del convento, per rispetto alla nostra augusta religione, sottomettetevi a quanto sarò per dirvi.

- Giammai. - Anzi mi spiace non poterlo pubblicare per la stampa, onde far conoscere le infamie che sotto il manto della religione si commettono nei chiostri.

- Disgraziata! urlò l'abbadessa nel colmo dell'ira. Siete così cattiva e vi fate lecito di censurare le altrui azioni?

- Io sono cattiva qui, ma fuori di qui sono stata e sarei buona. Se Dio mi avesse serbato in vita la povera mamma, se mi avesse concesso un genitore affettuoso, e buoni parenti, vi dico, che sarei tale da non potermisi rinfacciare cosa veruna.

- Non discorrete tanto, pettegola che siete! Ascoltate i miei consigli, e siate pronta a ritrattarvi.

- Ciò non farò mai, risposi in tuono secco, e decisivo.

- Non vogliate stancare la mia pazienza, signorina, siate ubbidiente, altrimenti....

- Altrimenti?... soggiunsi, cosa mi fareste?

La zia mi si avventò addosso come una furia d'inferno, dicendomi: - Altrimenti ti strangolo.

A tale atto io retrocessi spaventata, e brandendo in alto una seggiola, gridai con voce repressa dall'ira "Indietro, o vi spezzo il cranio."

Ma quella donna, anzichè spaventarsi dalla mia minaccia, prese più ardimento e si scagliò con tanto furore su di me, che perdendo io l'equilibrio, rotolai per terra insieme alla seggiola.

Allora s'impegnò fra noi due una lotta fiera, accanita, sorda, terribile. Ora io sotto ad essa, ora sopra. Ci percuotevamo con pugni, calci, graffi, morsi. Nessuna cedeva, ed il furore, anzichè diminuire accresceva le nostre forze. A stento potei svincolarmi e ritirarmi nella mia camera, ove giunta, mi vi rinserrai e mi gettai vestita e semimorta sul letto.

Dio! qual notte fu quella mai per me!

Fatto giorno, mi guardai allo specchio. Era tutta lividi e graffi. Mi lavai accuratamente, ma le tracce vi rimasero.

Arrivò mio padre. Domandò di mia sorella, ma questa gli fece dire esser malata, e non poter scendere. Domandò di me, e corsi.

Appena mi vide, dimandò la causa del mio turbamento, e dei segni che aveva nel volto. Minutamente gli narrai il tutto. Mi fece uscire tosto, e fattomi abbassare il velo sul viso mi condusse nella carrozza che egli stesso aveva recata.

Io sperava tornare alla casa paterna, credendo che mio padre si fosse commosso! Ma no! Egli fu inesorabile.

Per istrada, mi disse che conducevami in altro monastero di religiose chiare per virtù, per fama intemerata, ove avrei passati felicemente i miei giorni.

Giunsi al convento O... in uno stato da far compassione. Fui introdotta in quel luogo che doveva essere la mia tomba, e semiviva fui trasportata in un letto, ove ne uscii dopo 22 giorni di pericolosa malattia. Debbo confessare che mi furono prodigate tutte le cure, e fui assistita da un medico a cui io aveva confidato la causa della mia malattia, il quale mi curò con ogni diligenza, e lessi nel suo volto la commozione che sentiva per le mie angoscie.

Ma che vale lottare contro il destino?

In questo convento trovai gli stessi scandali donneschi, le stesse abitudini, le stesse gelosie, gli stessi pettegolezzi, i medesimi vizii, la medesima cancrena.

Quivi egualmente i preti sono onnipotenti. La stessa mania in essi di sacrificare una povera fanciulla a seppellirsi viva in un convento.

Ebbi per confessore un galante pretino, tutto smorfie, tutto svenevolezze; mi sembrava vedere un Narciso complimentare la sua bella.

Le monache pure di questo convento eran tutte unisone a ripetermi che mi fossi fatta monaca, che il Signore lo bramava, ed il santo protettore del convento ne avrebbe gioito dall'alto del trono celeste.

Una mattina, dopo due mesi che mi trovava nella nuova reclusione, fui chiamata dall'abbadessa che mi lesse una lettera di mio padre diretta ad essa ove in istile laconico e reciso esigeva che io avessi preso il velo.

A tale annunzio mi misi a piangere dirottamente. L'abbadessa, donna mite, sensibile, e veramente buona, cercò di consolarmi, e mi disse tante buone parole che lenirono il tanto affanno che mi crucciava.

- Ascoltatemi, mi diceva, figliuola mia, il pianto non vale a nulla, quando si ha la disgrazia di esser nati sotto una stella avversa. È d'uopo armarsi di quel coraggio che ci rende superiori a noi stessi: gettarsi nelle braccia del Signore, rassegnarsi ad esso, e vuotare tutto il calice della sventura che ci sovrasta. Sì mia cara fanciulla: orbata della madre, con un padre che non sente i sacri effetti di natura, che fare? Voi sarete infelice nel mondo quanto nel chiostro. - Io non intendo forzarvi, non intendo piegare la vostra volontà, non voglio che darvi consigli, e voi li ascolterete senza fiele, senza amarezza, non è vero, povera sfortunata?

E in così dire mi stringeva a sè.

- Oh! anch'io, vedete, anch'io fui come voi... una lacrima le bagnò le gote, e la sua voce divenne esile, quasi inintelligibile... anch'io avrei avuto un cuore ardente, capace di alte e nobili aspirazioni, e ho dovuto consumarlo qui nella solitudine... Dio me ne ha dato la forza!

Vedendo essa che io mi struggeva in lacrime, soggiunse:

- A cosa valgono le tristi rimembranze? A che serve evocare il passato?

Poscia, dopo breve pausa, ripigliò:

- Voi dovete fare la vostra volontà. Come avete sentito, vostro padre reclama da voi una decisione. Vi do tempo tre giorni. Pregate Dio che v'illumini, scandagliate il fondo dell'anima vostra, e quindi recatevi da me, che io ascolterò la vostra decisione qualunque siasi, per notificarla al colonnello. In questo supremo momento abbiate fede nel Signore soltanto; non vi confidate neppure al vostro direttore, perchè la vocazione deve venire dall'alto, spontanea, di nostro pieno convincimento, non consigliata, non comandata. - Se vostro padre non sarà contento, faccia ciò che gli pare; io sulla mia coscienza non voglio pesi, non voglio che il rimorso mi dica un giorno: tu facesti una vittima.

Presi la mano della badessa; me la recai alle labbra e vi deposi un bacio. Quindi mi ritirai.

Tutte le monache si mostravano curiose di sapere la decisione che avrei presa. Spirati i tre giorni, mi si affollarono d'intorno per sapere ciò che aveva risoluto.

- Ho deciso vestir l'abito, risposi.

Non ebbi terminata la frase, che mille grida di gioia echeggiarono per le volte dei corridoi. Un correre, un chiamarsi a vicenda, un affaccendarsi... sembrava un finimondo.

- Vedi, diceva l'una, Dio l'ha ispirata!

- Il santo protettore del convento le ha toccato il cuore. - Ha fatto proprio un miracolo!

- Sì, un vero miracolo! ripeteva un'altra.

Questo schiamazzo giunse alle orecchie della badessa, la quale accorse sul luogo per accertarsi di quanto accadeva. Venne a me, mi abbracciò, mi condusse nella propria stanza, e in un attimo fece imbandire dolci, confetture e liquori, e fu fatto baldoria. La povera donna ciò faceva per animarmi, per infondermi coraggio. Io la compresi, ed aggradii il suo buon cuore. Tutto il giorno il convento fu in festa. Le campane suonarono, e tutti plaudirono alla vittima che si incamminava al sacrifizio.

È un fatto innegabile che l'umana schiatta ha per istinto la ferocia. Tu la vedrai applaudire nell'agonia d'un condannato: tu la vedrai commuoversi e accorrere là dove si consuma il supplizio d'un infelice.

Tostochè fu annunziato a mio padre la gradita nuova si recò immantinente al convento, e mi fu largo di promesse, di regali, di parole. Consegnò alla badessa il denaro per la festa (questa è a spese nostre). Disse che la vestizione sarebbe stata fatta con pompa solenne, ecc.

Giunse finalmente il giorno della mia vestizione. La chiesa addobbata magnificamente, le campane sonanti a festa, le dolci melodie dell'organo, gl'incensi, i profumi, la pompa delle processioni, il lusso dei sacri arredi, mi avevano rapito i sensi. - Le parole confortanti delle dame che mi accompagnavano, la curiosità del popolo accorso, mi aveva così confusa che io non sapeva più in qual mondo mi fossi.

Arrivata all'altar maggiore, mi genuflessi per pochi istanti insieme alle dame di mia compagnia, il cardinale funzionante stavasene seduto. Inginocchiata dinanzi ad esso, mi fu recisa una ciocca di capelli.

Uscita di chiesa, seguita sempre dalla processione, dalla banda, dal suono delle campane, mi avviai alla clausura. L'aria risvegliò i miei sensi intorpiditi e scorsi un giovane che mi guardava fissamente. - Io pure gli ricambiai un potentissimo sguardo, uno di quegli sguardi capaci di narrare una storia intiera. Il giovine mi seguì... Era pallido, costernato... faceva di tutto per avvicinarmisi... Un altro mio sguardo gli disse, che ogni sforzo era inutile, che bisognava rassegnarsi.

Giunta alla clausura fui spogliata degli abiti ricchi che indossava, e vestita da monaca. - Quando poi in veste nera fui tratta al finestrino per indossarmi lo scapolare, e quando la badessa, pallida e tremante, fu sul punto di recidermi la mia bella chioma, una voce tuonò:

- Fermatevi! Non commettete un delitto!

Si fece un silenzio di morte. - L'abbadessa lasciò cadere sui fianchi le mani inerti. Una monaca gliele sollevò. La povera donna era in uno stato di sfinimento. - La stessa voce gridò:

- Costei è una vittima, salviamola!

Nessuno si mosse, tutti tacquero: l'abbadessa incoraggiata, pressata dai preti, animata dalle monache strinse le forbici, e la chioma fu recisa.

Quel giovane che prendeva tanto interesse per me, era Celso. L'aveva riveduto! Mi aveva compassionata! Non mi aveva dimenticata! Ma ciò che valeva? Io non era più padrona di me.

CAPITOLO VIII.

I voti.

Sotto questi disgraziati auspici ebbe cominciamento il mio noviziato. Le monache o novizie che hanno ricca dote, spregiano ed insultano quelle più povere. Ne' conventi regna invero una aristocrazia che d'assai supera quella praticata dagli alti personaggi nel gran mondo.

Io che aveva la mia dote ordinaria, non era considerata nè nell'infime classi, nè nelle prime; ma toccavami subire la tracotanza di qualcuna più di me ricca. Esistono pure, fra le novizie, delle camarille: qualche educanda nè è il capo, e guai se si ha la disgrazia di cadere sotto lo sdegno di una di queste associazioni quasi sempre diretta da una monaca fanatica, o da intrigante novizia.

La maestra delle novizie era donna piena di albagia, e di pregiudizii. Ricca, orgogliosa, di debole ingegno, superstiziosa, per essa un detto di un prete era un domma.

Io che di natura era alquanto riservata, o sostenuta, non andai a' versi della maestra. Mi odiò per antipatia, per sistema; per la voluttà d'odiare, e dovei subire non poche ingiustizie e da essa e dalle sue protette. Per quanto io fossi aliena dai litigi e dai pettegolezzi, nulladimeno non li potei del tutto evitare, e mi fu giocoforza ricorrere alla badessa per ottenere giustizia e la badessa intervenne, e fece sentire la sua voce, ma non fu ascoltata.

Reclamai di nuovo alla superiora; ma questa infine mi fece conoscere non potere essa rimediare a tali disordini, che mi facessi coraggio, che prendessi un carattere più prudente e simulatore.

La maestra mi aveva imposto di confessarmi quotidianamente, e aveva dovuto obbedirla, ad onta che il contatto coi preti non mi andasse a genio.

Il mio confessore mi dimostrava un'affabilità troppo spinta, e talvolta sì ardita chè ne lo dovei rampognare.

- Come! mi disse una volta, voi mi odiate?

- Se vi debbo confessare il vero, i preti mi fanno ribrezzo.

- Allora voi non potete neppure amar Gesù Cristo?

- Io non so cosa c'entri Gesù Cristo coi preti.

- Come c'entra! Non sapete dunque che i sacerdoti sono i suoi veri ministri?

- Sbagliate, reverendo. Voi volevate dire: i preti dovrebbero essere i veri ministri di Colui che s'immolò pel genere umano; ma disgraziatamente sono una setta malvagia.

- Ma voi siete dannata... se parlate così.

- Reverendo, voi ragionate come una donnicciuola. Io vi credeva sensato e saggio; ma mi accorgo, che siete un idiota insopportabile, e tale da dovervi licenziare, mancando in voi, oltre il buon senso, la dottrina per cuoprire con dignità il posto che vi è stato conferito.

A tale intimazione, il reverendo restò come un allocco, e dopo un breve silenzio causato da suo sbalordimento, proseguì:

- Fanciulla mia, voi avete perso la grazia di Dio! La vostra logica lo dimostra.

- O voi siete abbastanza erudito da comprendermi ed allora vi fate più onore a tacere: o siete ignorante e zotico, e allora non v'azzardate a tenere un posto che non fate che contaminare. Voi volete intrattenervi con me, ragionando per vostra soddisfazione o volete adempiere al sacro ufficio di confessore? Rispondete.

- Signorina, non è lecito dunque uno scherzo innocente?

- No.

- Siete caparbia - inesorabile.

- Vedete che non ne azzeccate una? - Ve lo provo. - Se io vi dicessi: stanotte ho parlato con un giovine; non l'ho toccato; ma ci ho passato un'ora in innocenti ragionamenti, mi direste voi che ho fatto bene?

- Non potrei dir ciò.

- Or dunque il vostro caso è analogo,

- Ma avvi una bella differenza da un ministro di Dio ad un profano.

- Il ministro di Dio ed il profano, sono uomini entrambi... eguali in faccia ad esso, e se vi passa una differenza è questa: il profano rispetta altrui, e non abusa della sua posizione per accalappiare o metter in pericolo l'onore di una fanciulla. Il prete invece disconosce il rispetto dovuto, e tende agguati cuoprendoli col lembo interminabile della religione. Se dunque voi volete essermi benviso, non fatemi più smorfie; anzi dovete impormi che mi confessi tre sole volte la settimana, e non ogni dì come esige la mia maestra. Altrimenti mi sceglierò altro direttore. Il prete annuì. - La maestra andò sulle furie... ma i preti nei chiostri, lo ripeto, sono onnipossenti.

Una mattina in sull'albeggiare fui svegliata da grida e pianti. Credeva sognare. Ma mi accorsi poi che quanto udiva non era che la realtà. Mi posi in ascolto per sentire se poteva capire la causa di quei lamenti. Nulla potei comprendere. Intesi soltanto... morta, morta.

Spaventata mi alzai, mi vestii, e fatto capolino all'uscio, interrogai la prima che mi si presentò, di quanto accadeva.

- È morta l'abbadessa.

- Ma come!

- È stata trovata in letto cadavere.

Un tocco di apoplessia fulminante aveva tolto la vita ad una delle migliori donne che avessi conosciuto nei conventi.

Intanto avvicinavasi l'epoca della mia professione e fu fissata il 1.° Settembre del 1840. Aveva 20 anni compiti, ed era l'età appunto richiesta.

La cerimonia della professione è celebrata sempre con isfarzo, canti, suoni e pomposi apparati.

La novizia prima di tutto subisce un interrogatorio, ridicolo, quanto inutile; è una semplice formalità, alla quale nessuna ardisce sottrarsi per non cadere nelle maledizioni della Chiesa, e nell'odio dei parenti...

Venne il giorno prefisso... Dopo che fui ritenuta per 5 ore nel confessionale, il Cardinale cantò il pontificale. La chiesa era stipata di gente. Accompagnata da alcune monache, mi fu porto una pergamena onde a voce alta e sonora la leggessi, e sforzandomi a ciò pronunziai con pena i quattro voti. – "Castità,

Povertà, Ubbidienza e perpetua Clausura..." Quindi vi apposi la mia firma. Tal funzione fu assistita da numerosi invitati, fra i quali vi erano personaggi ragguardevolissimi. - Vi notai un giovane. - Il povero Celso! - Benedetta la cocolla, fui comunicata, e prima l'abbadessa poi tutte le monache ad una ad una mi baciarono. - Terminata. la cerimonia, gli invitati salirono al parlatorio, dove erano aspettati da un lauto rinfresco.

Celso, non so come fosse, era fra gli invitati. Serbò sempre un alto silenzio. I suoi occhi erano umidi, e la sua commozione traspariva in tutto il suo sembiante. Quel silenzio; quelle tacite lacrime mi dissero che un cuore palpitava per me, che un uomo non mi abbandonava e osai sperare.

Quando fui restata sola, abbandonata dai parenti, segregata dal dolce consorzio degli uomini, condannata a trascinare la mia gioventù nel quietismo, costretta a comprimere i dolci sussulti del cuore, a soffocare gli slanci ardenti dell'anima, oh! allora, confesso, fui vinta e caddi sur una seggiola, priva d'intendimento. Per due ore stetti lì, senza moto, senza ragione. Ma la speranza, questa lusinghiera degli sventurati, mi balenò nella smarrita fantasia un raggio di luce, debole, si, ma bastevole a vedere nell'avvenire, che la mia tortura non era eterna. Una voce interna mi disse "Spera."

CAPITOLO IX.

La castità delle monache.

Morta l'abbadessa, fu d'uopo eleggerne altra, e fu eletta a pieni voti una tale di famiglia nobile, e di alto casato. Di carattere ardente, sfrenato, con tutte le superstizioni che s'imparano nel chiostro, simulatrice, debole, sventata, capricciosa. Dimostrava 40 anni, ma ne possedeva circa 50. Lascio considerare come sotto l'influenza di quest'angelo-demonio, potessero le cose del convento andare pel loro verso.

Io fui fatta sacrestana della chiesa, e potei convincermi da me stessa delle cose che sarò per narrare.

Sono destinati al servizio della chiesa stessa tre o quattro chierici. i quali sono gli amanti della monaca B., dell'educanda N. - Non rare volte accadono fra essi degli scandali e dissapori piuttosto gravi. Qualche chierico poi gode la protezione di una suora alto locata, e questi allora è invidiato dai suoi colleghi, e da ciò dispute e risse.

Per dare dunque al lettore un'idea della castità delle monache, anzichè parole, racconterò dei fatti.

Io sorpresi un'educanda abbracciata con un chierico che si ricambiavano baci ardentissimi. - Finsi non accorgermene, e reclamai alla badessa; ma questa risposemi bruscamente:

- Lasciate fare. Cosa ne importa a voi! badate ai fatti vostri! anche coloro che vivono qui son di carne e d'ossa.

- Come! replicai io meravigliata, voi approvate simili lordure?

- Oh! voi che sembrate tanto scandalizzarvi chi sa che non facciate peggio.

- Mi maraviglio di quanto dite. Sul conto mio credo, che non siavi nulla da apporre.

- Meglio per voi.

E mi voltò le spalle.

Una monaca per nome Angelica, di forme peregrine, di sera venne a chiamarmi dicendo sentirsi fieri dolori. La ricondussi nella sua camera, e mentre mi accingeva a chiamare l'infermiera, colle lacrime agli occhi mi confessò esser gravida. Infatti partorì sul fare del giorno. Fu assistita di tutte le cure. L'accaduto non fu divulgato; ma consumato nel più alto mistero. Non so cosa fecero del neonato; ma se non erro fu gettato in una fogna del convento. La suora Angelica, appartenente a ricca famiglia, fu, dietro non so quali mene, dopo due mesi, licenziata dal convento.

Un'altra bella giovanetta monaca andava di giorno in giorno perdendo la freschezza della sua carnagione, subentrandole un colore giallastro. - Seppi dall'infermiera, buona, e veramente pia religiosa, che era attaccala da un male, che non ho il coraggio di dire.

Fu d'uopo invocare il soccorso del medico, e dopo le più assidue cure, riebbe la sua salute.

Più d'una volta mi fu dato trovare pel convento, smarrite, delle letterine, che questa o quella mandava a questo o quel chierico o prete e viceversa, piene zeppe di parole che la modestia m'impone di tacere.

L'abbadessa stessa nell'occasione di una fiera malattia venutale per abbondanza di sangue, più d'una volta perdendo l'uso della ragione, diceva:

- Vieni qua al mio seno... frena questi palpiti del mio cuore! Non senti quanto ti amo, ingrato! barbaro! e hai avuto il coraggio di tradirmi... Dopo avere dilettato i tuoi sensi, dopo averti dato tutta me stessa e corpo ed anima, tu ti sei dato ad altra donna, e l'hai impalmata! Che Dio vi maledica entrambi!

Seppi che nei primi tempi della sua reclusione, ebbe amore con un medico, il quale poscia sposò altra, e dimenticò la prigioniera.

Adempiendo ai miei doveri di sagrestana, mi accorsi che un chierico non mi levava gli occhi da dosso. Conobbi che nutriva per me un amore imperioso. Io cercava sempre schivarlo; ma talvolta era impossibile; egli era così destro, che sapeva or con una scusa, or con un'altra quasi sempre essermi al fianco. Un dì, colto il destro di non esser veduto da alcuno, ad un tratto, mi si precipita ai piedi, mi prende una mano, e ratto la cuopre di baci. Repente la ritirai, scostandomi; ma esso in ginocchio:

- Pietà, diceva, pietà di un infelice che vi ama d'un amore ardentissimo.

E piangeva dirottamente come un fanciullo.

- Pietà! replicava, se mi negate amore, voi mi uccidete.

In quel momento, quel disgraziato mi suscitò compassione. Mi appressai ad esso, lo sollevai da terra, gl'imposi di calmarsi, di asciugare le sue lacrime che abbondanti gli scorrevano sul volto.

- Io farò tutto, diceva, ma dite prima che mi amate.

- Giovinotto mio, gli risposi, quando si è presi da una furente passione, le nostre facoltà sono impossibilitate a ragionare. Calmatevi, e vi risponderò.

Il chierico operò un prodigo. Richiamò tutto il suo sangue freddo, ed acquistò in un attimo la consueta calma.

- Dunque voi non mi negate il vostro cuore?

- Prima vi piaccia rispondermi a quanto vi sarò per dire. Conoscete un certo Celso B., studente pel passato di legge, e che forse ora sarà laureato?

- Io conosco questo tale, ma è medico chirurgo.

- Come!

- Si, è medico chirurgo! replicò. - Lo conosco bene.

- Badate che potreste sbagliare

- Non isbaglio. Non è parente di A... che anni sono era impiegato a Napoli, quindi rimosso per opinioni politiche, il quale aveva un figlio ufficiale di cavalleria e morto miseramente nel fiore dell'età?

Povero Arturo!

E levandosi il fazzoletto se lo pose agli occhi.

A tale narrazione restai senza moto. Per pochi minuti non fui capace di articolare una sillaba.

Egli continuò:

- Non vi dispiaccia il mio turbamento. Le care rimembranze mi commuovono talmente, che mi è impossibile resistere.

- Non vi rincresca dirmi, come conoscete... Arturo... e Celso.

- Siamo stati compagni di scuola, e abbiamo sempre conservata una vera e sincera amicizia, talmentechè più che compagni ci siamo amati come fratelli.

- E Celso lo vedete mai?

- Quando voglio.

- Mi fareste il favore di recargli i miei saluti?

- Volentieri. - Ma ditemi il vero: Lo amate?

- Non siate tanto sospettoso. Io amarlo? E con qual fine? Non sono io morta al mondo? Posso io secondare i voti del mio cuore, quando ho dovuto per sempre soffocarli?... Io amai Arturo... e conservai una cara ricordanza per Celso suo amico.

- Non mancherò di fare l'ambasciata ma voi non sarete tanto crudele per me? Non è egli vero?

- Spieghiamoci... Non c'illudiamo in cose che, invece della felicità, potrebbero renderci maggiormente sventurati. Senza commettere una grave colpa, io non vi posso dire "v'amo." Se ve lo dicessi mancherei a me stessa. Voi nel tempo stesso, amereste una donna che mai potrebbe farvi felice. L'amore non si pasce d'illusioni; ha bisogno di certe emozioni che per noi sono delitti. Anche voi siete come me vincolato da voti. A che dunque ingannare i nostri cuori e accenderli di fiamma infame? Siamo forti. Voi più di me libero, potete nel mondo trovare pascolo alle vostre passioni. Io sventurata nol posso. Siate dunque generoso, e rispettate la mia virtù. Altro non possiedo che questa. Non me la togliete.

Il chierico allora mi prese nuovamente la mano; la coprì di lacrime e di baci: poi con un sospiro profondo, che sembrava un ruggito, disse;

- Sia fatta la vostra volontà.

E se ne andò.

Io non so come il cuore in quel momento non mi scoppiasse nel petto! - Quel giovine mi suscitò tal pena che mi durò parecchi giorni. Mille volte fui tentata di dirgli: io pure t'amo, e ti amo perchè come me sventurato. Ma Dio mi diè tanta forza da non profferire tale parola, e morì li dove era nata.

Anche esso era una vittima de' proprii genitori. Lo seppi in seguito dalla sua bocca stessa.

Non lo rividi che dopo quattro giorni; cosa fuori del consueto. - Quando però ci rivedemmo, mi disse essere stato alquanto indisposto, che la scena avuta meco n'era stato la causa; che aveva trovato plausibili le mie ragioni che aveva saputo tutta la storia de' miei amori da Celso, e da quel momento egli mi diventava, non un amante, ma un amico, un fratello, un protettore.

Tali parole mi rinfrancarono. - Mi porse una letterina,

- Leggete, è Celso che scrive. Egli non vi ha mai dimenticata. Vi ha seguita dovunque, e presto vi accorgerete quanto ha fatto per avvicinarvisi.

- Grazie, risposi commossa.

- Parlatemi sincera, voi siete infelice qui dentro, non è vero?

- Mi sono data pace.

- Se un giorno voi voleste reclamare la vostra libertà, il diritto di tornare a far parte del consorzio sociale, non me lo nascondete. Io pongo a vostra discrezione tutto me stesso: ho amici veri e sinceri che non mi negano il loro aiuto.

- Non mancherò d'incomodarvi, se abbisognerò del vostro aiuto.

- Sarà sempre un onore per me, non un incomodo.

Se non posso amarvi, vi stimerò: nel fondo del mio cuore innalzerò per voi un'ara... a cui sacrificherò tutto me stesso... Addio... mi avete capito?

Gli strinsi la mano, bruciava dalla febbre.

M'affrettai ad aprire la lettera. Eccone il contenuto:

«Signora.

Sono laureato in medicina. Ciò feci per insinuarmi nelle vostre reclusioni, ciò che non è mai dato ad un legale. Non vi ho dimenticata un istante. Ho fatto quanto umanamente è stato possibile di fare per salvarvi... tutto è stato impossibile; ma ho volontà ferrea e vi riuscirò. - La promessa fatta a mio cugino la manterrò fedele fino alla tomba. Voi la ignorate: ma la saprete. Fidatevi del messaggiero come di me, e di voi stessa. È vecchio nostro amico. - Datemi per sue mani vostre nuove, ed io per il mezzo stesso vi terrò al giorno di tutto. Vivete sana e felice, e pensare a me.

CELSO N.»

Combattuta da tante e varie emozioni, sentii mancarmi la lena e sarei caduta stramazzone, se non mi fossi poggiata al muro. Quindi caddi sulle mie ginocchia, e fervorosamente diressi una preghiera a Dio, ringraziandolo del bene che mi veniva fatto. Da molto tempo non aveva così pregato! - La preghiera è sempre un sollievo, ed io mi sentii più felice.

Per un anno intiero tenni corrispondenza con Celso, la quale contribuì a farmi passare meno dolorose le impressioni che suscita il quietismo e la reclusione.

Non mi dilungherò maggiormente su tale materia, avendo, credo, detto abbastanza sulla castità delle monache; che questo capitolo ho voluto trattare con una certa delicatezza, tralasciando cose che per la loro turpitudine è meglio tacere.

CAPITOLO X.

La povertà e l'umiltà delle monache.

Io son d'opinione che non siavi alcuno, il quale creda in tutta buona fede, che tanto gli uomini che le donne si ritirino dal mondo, per vivere, come eglino dicono, poveri ed umili. - Nè credo ingannarmi.

Forse nel principio quest'istituzioni esistevano, ed erano state erette a tale scopo: non voglio contradirlo; ma poscia si dimenticarono, si rinnovarono, si trasformarono. I tuguri divennero palazzi, le rozze vesti si cambiarono in finissime, i parchi cibi in tanti banchetti, e i preti come le monache mangiano, bevono del migliore, e se ne infischiano se altri non hanno con che sdigiunarsi.

Infatti il maggior studio delle religiose è nel confezionare i dolci, nel perfezionare l'arte della pasticceria. E quando ricorre il loro santo protettore, per più giorni sono occupate nella manipolazione dei dolci, lasciando in disparte e messe, e confessore, e coro e preghiera. Inoltre, o dipenda dalla noia della reclusione, o non potendo soddisfare altri capricci ed appetiti, si mostrano estremamente propense per la gola.

Di più credo non siavi in nessun cantuccio dell'universo tante vanità come in un monastero. Vi sono badesse che si fanno baciare, come il papa, fin la pantofola. Vi sono delle monache di famiglie principesche che tengono due e anche tre converse al loro servizio, e guai se non le ubbidiscono a puntino. L'umiltà dell'austere matrone si converte in rabbia feroce, e non poche volte è accaduto che hanno battuto povere suttoposte spietatamente. Mi ricordo che una di queste superbe matrone fu colta da apoplessia e perdette l'uso d'una gamba e delle braccia. Non potendo senza aiuto recarsi nè alla grata, nè muoversi, bistrattava. sempre senza pietà e misericordia le due converse che la servivano, Queste, stanche di tanta arroganza, pensarono farle tutto al rovescio per dispetto, e una volta che la matrona voleva porsi a sedere, le tolsero la seggiola di sotto, e l'inferma battè un picchio sì forte, che dal dolore svenne. Vero esempio di carità.

Una monaca vecchia, da lungo tempo malaticcia, visse per tre lunghi mesi in un letto quasi abbandonata da tutte. Morì per mancanza di nutrimento e d'assistenza.

Ahi! pur troppo sotto le forme dell'angiolo spesse volte si nascondono le brutte forme del demonio. Così è dei preti, e loro adepti, i quali vi dimostrano tanta bontà, pazienza, mansuetudine, ed eglino sono la setta più trista, più arrogante e più orgogliosa che esista.

Pretendono coloro che hanno riportato maggior dote godere dei migliori posti, sia alle grate, sia nei belvederi, nell'occasione di qualche festa. Se tu discorri con esse, le senti sempre dire esser figlie di baroni, di duchi, di conti ecc. Se vi è una povera fanciulla fatta monaca con poca dote, tu la vedi sbeffeggiare, insultare e peggio ancora.

Accadde che una povera giovinetta mancasse di salutare la figliuola d'un ricco patrizio nello incontrarla. Questa incontanente le diede un sonorissimo schiaffo. Ripresala io per tale ardimento, seppe rispondermi.

- Non è nulla - è una lezione di civiltà

- Allora, ripresi con fuoco, se è lecito dar lezioni di civiltà, sarà permesso a me pure di darvene una d'umiltà.

E in così dire la ricambiai d'uno schiaffo, non punto inferiore a quello da lei dato.

Ne fece ricorso all'abbadessa, la quale tentò rampognarmi: ma io le dissi che sempre aveva difeso i diritti del più debole contro il forte, e questa pratica era conforme al vangelo puro e legittimo. L'abbadessa, mi diè ragione, poichè ella dava ragione a tutti.

Altra volta in occasione che un protetto d'una monaca cantava messa, questa, a tutte sue spese, gli volle fare dono d'un pranzo per 18 persone. Mentre costei era tutta assorta nell'arte culinaria, la infermiera le mandò a dire che corresse presso sua sorella, che era moribonda. La monaca cuoca, senza nè allarmarsi, nè scomporsi, rispose:

- E che ci devo fare io? Se Dio le vorrà fare la grazia della vita lo può; se è destinato che muoia è inutile la mia presenza.

La poveretta pochi minuti dopo morì, e colei che corse a darne la nuova alla sorella, s'ebbe in risposta:

- E Dio l'abbia nella sua santa gloria.

E si mise a mormorare un Requiem.

Non poche volte accade che nascono risse non facili a calmarsi, a causa del troppo tracannare vini e liquori, e una monaca è morta, si può dire abbruciata per la passione dell'ubbriachezza. Altra ridotta per lo stesso vizio in un stato da non potersi reggere, volendo portarsi in giardino, ruzzolò una lunga scala, si fratturò il capo e dopo pochi giorni ne morì.

Un'altra monaca, libertina e sfacciata, quando aveva di troppo bevuto si metteva a gridare, ballare, bestemmiare Dio e i Santi, e a fare degli scherzi sì indecenti da morirne di vergogna.

Ecco la povertà e l'umiltà delle monache; la simulazione e l'ipocrisia di queste fanatiche, che sotto il pretesto di servire Iddio, si rinchiudono per deturpare i più nobili sentimenti.

Il noto chierico, non mancava alla missione.

Celso mi mandò una lettera con entro altra similmente suggellata. Celso mi diceva:

- Leggete la qui acclusa e sentirete le disposizioni che mi lasciò il nostro comune amico - meditatele, e me ne saprete dire la vostra opinione.

Con ansietà febbrile aprii la seconda lettera, ove vi era rinchiuso un foglio vergato dalle mani stesse dell'uomo che tanto amai, e da cui tanto fui amata. Recarmelo alla bocca, coprirlo di baci, inondarlo di veraci lacrime fu un punto solo. La gioia di rivedere un oggetto sì prezioso fu tale che credei d'avere smarriti i sensi. Il mio pensiero rivolò ai miei tempi felici! Ricordai la mia giovinezza, mia madre, le dolci sensazioni dell'amore! Comunque sia i primi palpiti restano scolpiti incancelabili nei reconditi del cuore.

Lo scritto d'Arturo diceva:

«Caro Cugino!

È impossibile che io viva. Tutti i medici mi han detto che la mia guarigione non puossi ottenere. L'unico dispiacere mio è di lasciare i miei poveri vecchi, e la mia buona Maria, a cui tributo non amore, ma venerazione.

Morto io, tu vegliala, proteggila e salvala dall'unghie del suo carnefice che è suo padre, il quale agogna di seppellirla viva nel chiostro, per vivere libero e senza imbarazzi, una vita di libertinaggio e di orgie. - Io non tel comando, l'amore non puossi imporre, ma se il tuo cuore fosse rapito a tanta bellezza e sventura, falla tua sposa, e amala che ne è degna, di quel possente amore di cui io stesso l'avrei amata, se Dio per chiamarmi a sè, non avesse stabilito di troncarmi la vita.

Nella speranza che tu esaudirai la preghiera di un compagno della tua giovinezza, mi addormento tranquillo nell'origliere dell'eternità.»

Lessi, rilessi, o tornai a leggere questo foglio per non so quante volte... Ma che fare? Il dado era tratto!... La mia esistenza non apparteneva a me; ma al chiostro!!...

CAPITOLO XI.

La ubbidienza delle monache.

Ogni virtù che si professa nei conventi, non è altro che un insulto sfacciato alla virtù stessa.

Se la castità, la povertà e l'umiltà non si rispettano nei sacri penetrali del chiostro, la virtù dell'ubbidienza poi vien gettata nel fango.

Quante volte la superiora non ha rampognata questa e quella per la loro scandalosa vita... promettendole le rampognate ammenda... ma per pochi giorni? Quante volte la superiora non ha tuonato, ma sempre indarno, per richiamare alla sommessione degli ordini le orgogliose patrizie? Quante volte sono state messe in ridicolo le ingiunzioni superiori? Beffeggiata colei che ha osato rinfacciare la dissolutezza, l'odio, la malignità?

Citar fatti di tal natura, sarebbe lo stesso che volere empire un volume smisurato, e non so se più nausea, o piacere recherebbe al lettore.

Per la qual cosa mi restringerò a qualche fatto di più importanza, per recare un qualche appoggio a questo mio scritto.

In occasione che un padre cappuccino dava gli Esercizi spirituali a tutta la comunità, fu ordinato che tutte indistintamente le monache fossero presenti alla sacra concione, ad esclusione delle malate e delle infermicce. Lo credereste? Delle 58 monache, sole 24 o 25 accorrevano ad udire il cappuccino. Questi tornò a pregare. Inutilmente. - Redarguì allora tutta la comunità, dicendo che questo tratto di disobbedienza era un peccato grandissimo, e tutta la comunità rise in barba al povero frate, il quale si dovè contentare di avere al suo uditorio non più di 28 monache.

L'abbadessa aveva intimato la santa obbedienza ad una monaca per non so qual cosa. La monaca fece la sorda. Indispettita la superiora al disprezzo del suo ordine, sgridò fortemente la recalcitrante, e questa più indispettita, le vibrò un pugno nel capo, e la stramazzò a terra.

E non è il solo caso questo che una monaca si rivolti alla sua superiora; accadono spesso delle lotte, delle scene bizzarre, nauseanti, tristi, che non cedon punto alle risse suscitate nelle piazze da donnaccie miserabili e semibriache.

Da più di sei anni io trascinava una vita lenta, monotona, e scoraggiante. Mio padre raramente mi facea visita. Più spesso vedeva mia sorella, ma la loro vista più che un bene, un cordoglio amaro mi recava, risvegliando nel mio petto il desiderio della perduta libertà, e le dolci memorie di un amore infelice.

Le tante sconcezze che accadevano in un luogo, che avrebbe dovuto essere un esempio continuato di ogni virtù, mi rendeva insopportabile l'esistenza, e più volte tentai di abbreviarla, e l'avrei fatto, se Celso non mi avesse fatto intravedere un debole filo di speranza.

Il povero chierico, ora prete, mi recava sempre consolanti nuove. Eran queste che sollevavano le tante amarezze della mia anima.

Intanto infermatasi la priora, fu cercato il medico, che per causa di malattia non potè venire e in sua vece venne Celso, il quale era entrato supplente.

Io che ignorava il tutto, fui sorpresa e mancò poco che non cadessi, allorchè lo incontrai nel dormitorio. Mi feci animo, e volli, unitamente ad altre monache, accompagnarlo. Egli mi lanciò uno sguardo che esprimeva: "Procura che ti possa dire una parola a solo."

Accettai l'invito, ed ebbi la gioia, ed il tempo bastante di udire dai suoi labbri:

- Fingiti malata.

Realmente io non aveva d'uopo dire di esser malata. La mia salute era di molto alterata. Nulladimeno, la mattina dissi alla mia conversa sentirmi un gran male al capo, e quando venisse il medico me lo avessero mandato.

L'imbasciata ebbe il suo effetto. Il medico venne, e mi ordinò un purgativo, e a tal uopo mandò nell'infermeria la conversa a prendere il necessario.

Rimasti soli ci ricambiammo un lunghissimo sguardo. Quindi le nostre braccia si avvinghiarono, e i nostri labbri si unirono. - Fu quello un momento di paradiso per me. - Se in quell'amplesso Dio mi avesse tolto la vita, senza rammarico gliela avrei ceduta.

La conversa tornò e risortì. Il purgativo si gettò. - Avete letto, Maria (lasciate che vi chiami sempre con questo bel nome), la lettera vergata da Arturo, e che io vi ho rimessa?

- L'ho letta.

- Ebbene che ne dite? siete disposta a seguirne i consigli?

- È tardi, Celso, è tardi, non ne parliamo.

- Siamo sempre in tempo quando voi vogliate affidarvi a me.

- È impossibile!

- Maria, siate sincera. Voi siete infelice, voi avversate la reclusione. A che dunque languire, gemere, e soffocare i palpiti del cuore? - Risolvetevi, e lasciate a me la cura del resto.

- Ma io ho profferiti i voti, non capite?

- E che perciò? Ogni legame ingiusto, violento... un sì estorto dal terrorismo e dalle circostanze s'infrange e stritola, come debole vetro.

Quindi accostandomisi vieppiù, mi mormorò all'orecchio:

- È vicina l'ora d'un santo riscatto per la patria. Se non fallisce, noi ne potremo approfittare per la nostra libertà, se fallisce fuggiremo in qualche libera terra... in America... in Inghilterra. - Ci siamo intesi?

- Ne riparleremo.

- E quali speranza mi date?

- Per ora nessuna. - Lasciate che vi rifletta sopra. – È un passo ardito... potrebbe riuscirmi fatale. - Non vi fate sopraffare da un vano timore. Nei pericoli estremi, ci abbisognano estremi rimedii. - Stando qui, la vostra esistenza illanguidisce e si spenge; il vostro cuore si spezza. Sortite dunque da un luogo che non vi promette nulla di buono... neppure la salvazione dell'anima.

- I vostri consigli, Celso, non li disprezzo, ne farò tesoro, e quanto prima vi farò consapevole di una determinazione. - Anch'io son persuasa che la clausura, il quietismo mi spingono innanzi tempo alla tomba, conosco che trascino un'esistenza disperata e trista... e che ho bisogno di libertà, d'azione, di luce...

- Voi conoscete tutto questo, e siete sospesa ad una scelta, che...

- Io ho tutta la stima per voi, Celso; ma voi pure dovete riflettere al mio stato. - Io sono una povera abbandonata... che farei sola nel mondo?...

- Sola?... Dunque io non conto per nulla? Non capite che io vi farei mia sposa?... Che vi renderei una donna pienamente felice?

Il rumore dei passi della conversa si faceva sentire. Interrompemmo il nostro dialogo. Gli stesi la mano, egli la strinse affettuosamente, e a voce bassa, disse:

- Devo sperare?

- Sperate.

Risposi francamente.

CAPITOLO XII.

La clausura delle monache.

L'unica regola che si osservi nei chiostri è la clausura strettamente detta: comunque però si violi apertamente coll'arbitrarsi a scendere per la chiesa, pel coro, pel giardino, alle finestre per amoreggiare, o per isfogo di un'indiscreta curiosità.

Chi non è stato recluso ignora l'effetto che produce la reclusione, motivato dalla privazione della libertà, dalla stucchevole uniformità della vita, dalla lunga e penosa monotonia che dirige tutte le nostre azioni, dalla pessima educazione che vi si propaga, e da tante altre cose, che tutte unite fan sì che la maggior parte delle recluse sono o finiscono realmente pazze.

Accade lo stesso nelle carceri cellulari.

I benefattori dell'umanità, i legislatori, i governi stessi, han mai sempre dimenticato i poveri reclusi. Voglia Iddio che queste mie pagine abbiano la fortuna di risvegliarli, e possano essi prendere degli efficaci rimedii a pro di tanti infelici.

Come è mio costume addurrò qualche fatterello riguardante la clausura delle monache.

Una mattina mentre ascoltavano la messa, sopraggiunse l'abbadessa scarmigliata, malamente vestita cogli occhi di bracia. Si sofferma, gira il capo a destra e a sinistra, poscia esclama:

- Sono o non sono la vostra abbadessa?

Tutte ne restammo sorprese.

- Ebbene, non rispondete, maledette da Dio?... Sono o non sono la vostra abbadessa?

- Sì, la siete, rispose la priora appressandosi ad essa.

- Vi condanno tutte al fuoco eterno!... tutte dannate!...

Le grida erano tali che il celebrante stesso mandò a vedere cosa accadeva. L'abbadessa era pazza. La priora ordinò ad alcune converse di prenderla e portarla a letto.

Passarono alcuni giorni, senza che ella migliorasse.

Fu chiamato il medico. Questi rampognò vivamente l'infermiera perchè avesse tardato tanto a chiamarlo. Ne ebbe una secca risposta:

- Credevamo che non fosse nulla.

La salassò, le applicò del ghiaccio al capo; ma nulla fu bastante a frenare i furori della pazza. Il medico ordinò che fosse recata al manicomio: ma nella nottata dette in tali smanie da mettere sottosopra il convento. Seminuda correva per i dormitorii con un Cristo in mano, gridando: All'inferno, scomunicate! all'inferno, adultere! all'inferno, donne di mala vita, e così dicendo, infuriando sempre, scese le scale, e prima che si fosse in tempo di afferrarla, si precipitò in una cisterna, che per buona fortuna non riceveva più acqua. - Il colpo la privò dei sensi. Con una scala fu estratta da quel luogo quasi esanime. Aveva riportato una larga ferita sopra la fronte e varie lussazioni nel corpo. Fu ricondotta nel letto. Si fecero venire il prete e il medico.

Riavutasi tornò di nuovo ad infuriare. Scacciò il prete, non volle confessarsi, e ricusò perfino i sacramenti.

- Scostatevi, gridava, non mi toccate, vi abbrucio. - Allontanate quei diavoli. Chiamatemi Eugenio, che venga egli a salvarmi, io sono dannata!

Eugenio era stato uno dei suoi primi amanti.

Il prete faceva di tutto per calmarla; ma ella gridava sempre:

- Indietro, maledetti!... Voi foste i miei carnefici! Versaste nella tazza del piacere tutto il vostro veleno, e mi forzaste a tracannarla con tutte le feccie. - Indietro vi dico! lasciatemi...

Invano il sacerdote mormorava sacre preci, invano l'aspergeva con acqua santa. La frenetica raddoppiava sempre i suoi eccessi di furore, le imprecazioni, le smanie...

A capo a tre giorni moriva fra le torture di una disperazione indicibile, senza confessione, nè sacramenti.

Per qualche tempo le monache furono prese da tanta paura per tale accaduto, che sembrava loro veder la dannata. nei corridoi sulle spalle al diavolo: in cucina a cavallo di un grosso mastino, per le scale gettante fuoco e fiamme, rumore di catene, grida strazianti per le celle, lamenti dolorosi nel coro, e fin nella chiesa.

Suor Fortunata posta in convento contro la propria volontà, fu presa da tali smanie, che più di una volta aveva tentato alla propria esistenza. Finalmente fu estratta cadavere da una cisterna.

Un'educanda si dette in preda a una forte malinconia. Fu vana ogni cura, vano ogni tentativo. Finì i suoi giorni precipitandosi da una finestra.

Suora Maria Angela, saltò in tali furie da doverla fare rinchiudere in un manicomio. Eguale sorte toccò ad altra infelice per nome Assuntina.

Moltissime prese da allucinazioni, da malinconie ne ebbero guarigione, altre finirono ebeti. Una giovine monachina di ventitrè anni fu trovata penzoloni ad un trave. Altra si tagliò una vena di un braccio, e col soccorso del chirurgo fu salvata; ma non si potè mai guarirla dalle sue frenesie. Di quando in quando ridiveniva maniaca, e dopo due o tre giorni tornava calma, taciturna, immobile. Durò in questa vita diciotto mesi. Morì per essersi tagliata la gola.

E troppo lungo sarebbe il narrare tali fatti dolorosi.

O filosofi, o riformatori, pensate che buona parte del genere umano attende da voi delle grandi riforme. Voi dimenticaste la donna, la vostra compagna, la vostra. gioia il sogno vostro. - Vili egoisti! La donna che voi dovevate sorreggere, proteggere, la lasciaste agonizzare, spasimare nell'isolamento e nel più gretto abbandono. - Riparate a tanto torto! Tuoni la vostra voce fintantochè il tiranno delle coscienze, il satrapo di Roma non si commuova, e non ripari a tanto male. - I nostri tempi lo vogliono!

CAPITOLO XIII.

1848.

Dopo di avere annodato la relazione con Celso, la vita del monastero mi divenne insopportabile in guisa, che persi la poca pace che vi godeva. Aveva promesso a Celso di seguire i suoi consigli. Ma come fare? Consigliatami col noto chierico, il quale godeva il titolo d'abate, e confessore nel monastero stesso, questi mi aveva detto di avanzare una domanda al Pontefice Pio IX, allegando il motivo della salute. Ciò feci; Celso pensò a fornirmi del certificato medico, ed inviai al Papa la domanda.

Era stata eletta abbadessa una giovine e ricca matrona.- Fu esaltato alla curia arcivescovile di Napoli il cardinale R., giovine di età, e di fama non troppo illibata. -

Nella prima visita che fece al convento, mi domandò. - Vi andai.

Mi benedisse come d'uso, dopo d'essermi inginocchiata. - Umiltà da sacerdoti! - Poscia mi disse: - Per qual motivo avete iniziata una supplica per uscire?

- Non ho altri motivi che la salute.

Crollò in capo in segno d'incredulità.

- Pure il vostro aspetto è florido, bello, senza traccia alcuna di malattia.

- Eppure non mi sento bene. - Soffro di mal di nervi.

- Figliuola, questa scusa non vale.

Per quel giorno finì la cosa a questo punto.

Di frequente il cardinale recavasi al monastero, facendo il galante e lo sdolcinato con tutte le monache più graziose. Contegno irriverente!

E tutte le volte voleva vedermi e intrattenevasi lungo tempo a confabulare meco. - In una di queste occasioni mi fece conoscere che la mia domanda sarebbe restata senza effetto, essendochè la curia romana rispedisce le domande all'arcivescovo, perchè questi informi in conseguenza. perocchè dipende tutto dall'Arcivescovo.

- Se ciò è, V. E. può essermi utile.

- E in che cosa?

- Perchè io ottenga quanto vivamente desidero.

- Anzi io sarò un vostro acerrimo nemico, mi rispose con riso sardonico, nè mai vi sarà accordato quanto chiedete.

- E perchè, Eminenza?

- Perchè voi siete l'ornamento di questo chiostro e non dovete dipartirvene.

- Eminenza, io sono risoluta ad uscirne, dissi con risolutezza.

- Voi non uscirete mai.

- Io ne uscirò a qualunque costo.

- Come! urlò il cardinale indispettito della mia fermezza, voi volete impormi?

- No, non impongo nulla a V. E., ma per me ho il diritto di fare quanto è utile al mio individuo.

- Voi non appartenete più a voi stessa.

- Io sento di esser donna. Il mio cuore non è morto. L'anima mia aspira sempre a quella libertà predicata da Colui, che voi anzichè seguirne i precetti, rinnegate.

- Signora, voi ardite troppo.

- Sì, ardisco, Eminenza.

- E voi vi sentile sì forte da provocare una lotta meco?

- Sì

- Badate, rispose con voce sommessa, ve ne pentirete. Son caparbio ed inflessibile.

- Ed io lo sono più di voi.

- Vedremo!

La mia risoluzione da questo momento fu presa. - Scrissi a Celso che era pronta a seguirlo anche negli antipodi, quando egli riuscisse ad aprirmi un varco.

Celso rispozemi che avessi atteso, che quando l'ora sarebbe opportuna me ne avrebbe avvisata.

Le sorti d'Italia volgevano a completa ruina. I miglior patriotti in terra. straniera e libera cercavan rifugio.

Improvvisamente Celso mi fece sapere, che la notte seguente fossi sortita, ch'egli era costretto ad emigrare. All'una dopo mezzanotte egli mi attendeva precisamente dalla parte opposta dell'ingresso del convento. - Questa notizia improvvisa mi gettò in un caos d'imbarazzi. Come fare? Donde uscire?... Mancò poco che non ismarrissi la memoria. L'agitazione violenta a cui era in preda non mi permetteva neppure di ordinar le mie idee per misurare il passo che doveva fare. Invocai l'aiuto di Dio! Mi chiusi in camera costernata, smemorata. Cercai il mio coraggio. Le parole del Cardinale, l'amore della libertà, la parola data a Celso infusero nel mio animo quel coraggio che momentaneamente aveva smarrito.

Gettato ogni vil timore da banda, decisi di sortire dall'organo, al quale vi si poteva entrare per un andito. Lì giunta sarei dalle scale del medesimo scesa in Chiesa, da quivi, aperta la porta, la quale aveva molto in pratica per esserne stata sagrestana, mi sarei trovata in istrada. Il piano era fatto.

E giunta in istrada se non vi rinveniva Celso? E se nel mio tentativo di fuga fossi stata sorpresa?

A questo pensiero grosse stille di sudore mi calavano dalla fronte. Ed io con tutta la forza della mia volontà cercava novello rinfranco, per dissipare i timori che il dubbio a frotte mi suscitava.

Il sole cadeva, lasciando il cielo d'un colore sanguigno. Cattivo indizio! Il cuore non mi presagiva nulla di buono. Ma la parola era data, e a costo di incontrare tutto il furore della collera cardinalizia, di attirarmi l'odio di tutte le monache, volli tentare.

Mi ritrassi per tempo nella mia cella, dopo aver nascosto uno scialle nell'organo. - Mi gettai sul letto. Non chiusi mai occhio. Contava le ore come un condannato. Scoccata la mezzanotte, mi vestii. Tremava da capo a piedi.

Cautamente uscii dalla cella. I dormitori illuminati debolmente riflettevano un lume sinistro. Adagio, adagio mi avvio verso l'organo. Un cupo silenzio regnava per tutto il convento. Giunsi alla porticina dell'organo mentre che l'orologio batteva le dodici e mezza. Quel suono mi rimbombò nel cuore. Non mi persi d'animo. Aprii l'uscio, presi lo scialle e m'inviluppai per non esser riconosciuta. Scesi le scaletta, e mi trovai in chiesa. Vi fu un momento in cui la paura m'invase tutta. Rivolsi il pensiero a Dio; lo pregai dal fondo del cuore, e mi accinsi a schiudere la porta. Quando ciò ebbi fatto, balzai in istrada; corsi al luogo indicato, ove sperava trovare l'amico, e non rinvenni alcuno. Pensai che l'ora fissata non era puranche suonata, ed attesi. Batte il tocco e non vedo anima viva. Lo spavento mi assale. Che fare? Attesi le due, le tre, senza vederlo. Attesi anche le quattro. Ansietà mortale! Le pene di un giustiziato l'aveva tutte provate! Sconsolata mi decisi di andare da Celso; non lo stimai prudente. Dall'abate** e vi andai. Cominciava ad albeggiare: benchè poco pratica, domandando a qualche persona le strade, giunsi più morta che viva a casa dell'abate**, il quale fu molto sorpreso di vedermi a tal ora in quel luogo.

- Qual novità mi disse.

- Gli narrai il tutto.

- E come ha mancato?

- È ciò che ignoro.

L'abate mi lasciò in casa e volò da Celso.

Dopo una buon'ora fu di ritorno. Nel suo volto lessi una nuova sciagura.

- Ebbene! gli dissi.

- Celso è stato arrestato ieri sera verso le 7 ore con altri patriotti. Ritrovasi nelle carceri, ove attende il processo.

A tal nuova il mio cuore, già di troppo agitato, non resse. Mi sfogai in pianto. L'abate cercò d'infondermi coraggio.

- Qui, mi diceva, non siete troppo sicura. Se vi trovassero io ne sarei compromesso. È d'uopo provvedere sì alla mia che alla vostra sicurezza.

- Ed in che modo?

- L'unico, il solo, in cui in questo momento critico possiamo appigliarci è che voi vi ritiriate da vostra sorella, oppure di far ritorno al monastero, invocando la clemenza della superiora e del cardinale.

- Non lo farò mai. - Amo piuttosto andare da mia sorella, ove attenderò la mia sorte. L'abate sortì, e tornò con un legno chiuso. Montatavi mi accompagnò da mia sorella.

Non descrivo la sorpresa della sorella e del cognato nel rivedermi. Il lettore potrà di leggieri immaginarselo. Narrammo loro l'accaduto; ma tacemmo la parte che riguardava Celso. Il mio amore doveva restar sepolto. Dissi che era sortita perchè la vita monastica mi era divenuta odiosa.

Sparsasi la nuova della mia fuga fu sossopra il convento. Il cardinale vi accorre, grida, urla, schiamazza, Ma mio cognato non tardò molto ad informare sua Eminenza come io mi trovassi presso di lui, e prendesse quelle precauzioni che meglio credesse.

La dimane mi si presenta un sacerdote, il quale mi comanda di seguirlo in convento. Sulle prime mi ostinai; ma i preghi di mio cognato e di mia sorella vinsero la mia ostinatezza. Soltanto osservai al sacerdote:

- Quale ordine vi autorizza a ciò fare?

- Quello di sua eminenza il cardinale R.

Arsi di rabbia, e mi fu forza rassegnarmi. Seguii macchinalmente il prete. Mia sorella e suo marito mi accompagnarono.

Giunta alla carrozza vi trovai dentro due individui.

Dimandai chi fossero. Mi fu risposto essere due agenti della pubblica forza.

- Non ve n'era bisogno, risposi.

- Via facendo il dolore rinchiuso si stemperò in lacrime. - Mia sorella domandommi la cagione del mio piangere. - Gliela esternai, dicendole il rincrescimento della perdita della mia libertà, le vessazioni che mi si farebbero dalle monache e dai preti... e mio cognato mi interruppe dicendo che avrebbe fatto parlare da suo amico a sua Eminenza...

- Giammai, gridai, non v'incomodate, che sarebbe tempo perduto. La setta pretina non sa commuoversi. - Sopporterò in pace la mia croce.

E in così dire mi ricomposi, asciugai le mie lacrime, ne più mi lamentai.

Giungemmo al convento. Mi accorsi non esser quello da cui era uscita. Ne ebbi piacere. In tal guisa non era pascolo di curiosità alle sfaccendate e sfacciate serve di Dio.

Il prete mi consegnò alla superiora, dicendomi, che quivi avrei attesi gli ordini di sua Eminenza.

La superiora mi fissò, mi prese la mano, e caritatevolmente mi disse:

- Siate la benvenuta.

Al vedere tanta bontà, le presi anch'io la mano, vi impressi un bacio e la bagnai di lacrime.

I miei parenti si ritirarono.

CAPITOLO XIV.

Il Cardinale.

La dimane corse mio padre nel massimo corruccio a rimproverarmi amaramente. Non potei fare a meno di rispondergli con giusto risentimento.

- Io non so chi vi dia la forza di censurare la mia condotta. Non so chi vi dia il coraggio d'insultare una vostra vittima. Tutto si può sopportare, padre mio, ma l'insulto no! Chi mi gettava nella disperazione? Chi avvelenava i miei giorni? Chi mi rapiva la felicità? Chi mi negava l'asilo santissimo della famiglia? Voi! snaturato e crudele. Voi!... e dovreste ben capire, che le vostre visite mi riescono insopportabili, e mi fareste un gran servizio se più mai veniste a vedermi. Se vi era cara, non mi dovevate sacrificare. Ma Dio è giusto... e non mi abbandonerà...

- E tu ardisci dire simili ingiurie ad un padre?

- Padre!... Lo siete di nome soltanto.

- Io ho cercato sempre il tuo bene. Ti ho posta in convento per assicurarti l'esistenza, per toglierti dalle seduzioni...

- Per carità!... allontanatevi!... direi ciò che non voglio dire...

E mi ritirai.

Poco dopo fui fatta chiamare dal cardinale che appena vedutami atteggiò i labbri ad un infernal risolino. - Le emozioni continue mi avevano alterato siffattamente il sistema nervoso, da rendermi incapace fino di reggermi in piedi. Era in uno stato da far compassione,

- Voi volevate fuggire, non è vero?

Io non risposi, nè alzai lo sguardo da terra.

- Spero che ora vi sarà passata la mania di tentare una fuga?

Seguitai a tacere.

- Qui sarete più guardata, avrete meno libertà, rarissimi divertimenti..., la regola è molto più severa... Vedete? Anzichè un bene, voi vi siete scavato un malanno peggiore.

- Per me non trovo differenza tra questo o quel lungo. Un chiostro era quello - un chiostro è questo. In ambedue si vegeta, in ambedue si vive di una vita priva di ogni speranza.

- Vi esaltate troppo. Non vedete quante femmine vivono nei chiostri, senza smaniare, senza lamentarsi come voi? Invece elleno, sono contente, felici, ed allegre.

- Se l'anima vostra fosse capace di nobili e generose aspirazioni, non parlereste sì beffardamente dell'abbietezza in cui gemono tante donne, strappate barbaramente alla famiglia, alla società.

- Dove avete appreso, signora, tanta logica, tanta filosofia?

- Dove voi avete appreso l'arte dell'inquisitore e del carnefice.

- Continuate.... continuate... e vi farò vedere, che saprò fare davvero l'inquisitore e il carnefice.

- Non ne ho dubbio alcuno. In ciò credo siate maestro.

- Volete sempre lottare?

- Fin che avrò vita.

- E tenterete ancora di fuggire?

- È il solo pensiero che abbia in mente.

- Deponetelo.

- Son sempre in tempo. Per ora lo custodisco.

- Tornate buona religiosa, siate docile, ricalcate la via della virtù.

- E di qual religione mi parlate? Di qual virtù ragionate voi, se quella e questa vi sono ignote? Voi potete adescare colla vostra eloquenza quelle povere monache, alle quali la ristrettezza della regola e le stupide credenze hanno tolto il ben dell'intelletto. Non me, che, grazie a Dio, conservo sempre e il senno, e la giovinezza del cuore.

Il cardinale aggrottò le ciglia, e dopo qualche istante proseguì:

- Tornate buona, vi ripeto. Scacciate dalla vostra mente quell'idee che non possono riuscirvi che funeste. Pensate che voi avete profferito dei voti, dai quali non vi può sciogliere che la morte...

- La morte!... Stupisco che non mi abbiate compresa, e che ignoriate come la rassegnazione imposta, sia una virtù più dell'ebete che del forte, e che quando si è giunti all'ultimo grado dell'esasperazione si è capaci di tutto... capite bene... di tutto! - Voi mi parlate di voti!... voi che sempre li avete violati, infranti, spezzati! Cardinale! fareste meglio a tacere, parlando vi rendete non esoso, ma ridicolo, che per l'uomo è l'ultimo gradino a cui può discendere.

Il cardinale mi guardò biecamenle, e mi congedò d'un gesto.

La sera mi sopraggiunse una forte febbre, e mi si svilupparono le terzane. La superiora, ottima donna, mi fu larga di ogni cura, d'ogni gentile parola. Non un rimprovero, non una frase sul mio passato. Ebbi desiderio di confessarmi, e pregai l'abbadessa di farmi chiamare l'abate**. - La mia domanda fu soddisfatta. Il buon abate non si fece attendere e mi disse che il processo di Celso era per terminare non trovandolo i giudici colpevole, e che sarebbe quanto prima posto in libertà. Averlo egli tosto avvertito dell'accaduto, ed esserne egli restato molto dispiacente.

Intanto la mia malattia andava volgendo al suo termine. Le cure usatemi dalla superiora, e la relazione ripresa con Celso contribuirono ad affrettare la mia guarigione.

Ricevei da Celso, la lettera che qui trascrivo.

«Maria!

La tua sorte infelice mi ha cagionato nuovi dolori: da quella malaugurata sera io non sono stato più bene. - Domani uscirò di prigione; ma la mia sicurezza richiede di lasciar Napoli, giacchè ho avuto la buona fortuna di essere assoluto. Appena libero metto in sesto le mie cose e vado in Piemonte. Di là saprai mie nuove. - Non pensare che io ti abbandoni, lascio a tua guardia un angelo custode... l'amico nostro... l'abate** che ci ha date tante prove della più rara amicizia. - Sta sempre pronta e preparata ad ogni suo cenno. Studia tutte le uscite di cotesto convento. Non ti allarmare. La libertà si acquista a caro prezzo. - Vivi tranquilla ed abbi sempre fiducia in chi vive unicamente per te.»

Il mio nuovo asilo, non diversificava punto dal vecchio. Le stesse monache deluse, ignoranti, pettegole, maligne, invidiose. Gli stessi vizi, le stesse aberrazioni mentali, i medesimi pregiudizi, i medesimi falli, gli stessi delitti.

Durante la mia convalescenza venne il cardinale a farmi visita. Egli licenziò la mia conversa, e rimanemmo soli.

- Come state? mi dimandò.

- Alquanto bene.

- L'animo vostro si è calmato?

- No.

- E quando cesserà la vostra ostinatezza?

- Quando avrò ricuperata la mia libertà.

- E sempre... - Supponiamovi libera, nel gran mondo, in mezzo alle follie mondane, cosa fareste?

- Quello che fanno le altre donne. Mi divertirei, adempiendo però ai doveri che mi sarei imposti.

- Andereste ai balli, ai teatri, in licenziose conversazioni... in iscandalosi ritrovi.

- Voi mal v'apponete. Con questo vestito uscirei appena di casa.

- Voi libera non sareste donna da continuare a portare coteste vesti, credetemelo: voi le gettereste in un canto, ed andereste anche a farvi saracena.

Tacqui.

- Confessatemi la verità. Voi siete portata al matrimonio?

- Non ci penso neppure.

- Il vostro cuore è spento all'amore, al desiderio, all'ebbrezza de' sensi?

Tacqui.

- Su via! Rispondete! Non fate il broncio. Non sciupate cotesto bel viso. Voi sì bella! sì ben fatta! Ed esser così cattiva!... Ah!... Gettate lungi da voi cotesto abito di disprezzo!... Schiudete l'anima vostra alla gioia...

Le parole pronunziate con tanto calore, la fisonomia spirante sensualità, mi dettero a conoscere cosa il cardinale volesse tentare. Mi posi in guardia. Egli se ne accorse, rifletté un poco, e continuò:

- Bella ed amabile monachina, mi mettereste a peccato se così parlo?

- Io? no, che non avete l'aria di peccatore; bensì quella di ridicolo. Ve lo dissi altra volta.

- Io ridicolo!... Badate... so fare anche l'uomo serio, se voglio.

- Allora parlate da senno.

- Volete che diventi tragico, che faccia pompa di frasi nere, cupe, terribili? - Che mi direste? - Invece vi parlo un linguaggio calmo, sereno, il linguaggio del cuore. – Oh! siete molto austera! Scacciate i neri pensieri, la trista malinconia, e vogliate gustare la soavità del piacere.

Ed in così dire, fe' atto di abbracciarmi.

- Indietro, per la Madre Dio! urlai, colma di sdegno. L'amplesso d'un galeotto lo soffrirei... quello d'un cardinale lo respingo.

L'Eminenza restò come una statua. Volle borbottare qualche parola; ma gli morì nella strozza.

Inorgoglita della mia riuscita, nello stesso modo proseguii:

- Uscite! e accompagnai la voce col gesto. - Uscite! replicai, o chiamo gente.

- Voi mi minacciate?...

- E son capace di tradurre a fatti le mie minaccie.

- Ve ne pentirete.

- Forse voi, un giorno, vi pentirete di essere stato verso di me ingiusto, crudele e libertino.

- Quel giorno non verrà mai! - E da questo momento voi proverete la mia collera, il mio sdegno.

- La vostra collera non la temo, il vostro sdegno mi onora.

- Lo vedremo signora! Da questo istante sarà guerra accanita.

- Fate ciò che vi aggrada.

- Io spero, replicò egli, di ridurvi un'agnellina! spero di vedervi alle mie ginocchia umile e supplichevole: spero di domare e di abbattere il vostro orgoglio.

- Vedremo - replicai, intanto uscite!

Il cardinale, rosso dalla rabbia, sortì borbottando.

Da quest'epoca fui fatta segno ad una serie di persecuzioni, di basse ed ignobili vendette, e ad ogni specie di sevizie da tutte le monache ad ispirazione del cardinale. Più volte ricorsi alla superiora e più volte questa prese a cuore la mia difesa, sostenendola con calore e con fermezza. - Mi era stato proibito di scendere in giardino: un giorno annoiata chiesi il permesso alla superiora di potervi andare per una oretta a fare una passeggiata. Me lo concesse. Fu riferito al cardinale, il quale alla prima occasione rimprocciò la superiore, la quale gli rispose:

- Eminenza non so perchè debbasi farmi carico di dare un piccolo permesso ad una mia dipendente, mentre ad altre è concesso.

- È un gastigo che voglio infliggerle per la sua disubbedienza. Per l'avvenire guardatevi bene di alterare i miei ordini, che io sono uomo da punire anche voi, sapete?

- Io rispetterò V. E. come V. E. rispetterà me. Ella comandi ai suoi preti, che alle mie monache comando io.

Il dialogo finì qui, giacchè il cardinale, o non volendo replicare o non avendo che dire, voltò le spalle e si ritirò.

Celso era già partito per Genova. La stirpe esosa dei Borboni affogando il liberalismo nel sangue, aveva abolito, se non legalmente, di fatto il reggimento costituzionale, e ripreso il governo dispotico. Le spie, gli sgherri, tutti gli agenti del potere, i preti, e la innumerevole falange fratesca, avevano rialzata la testa, sacrificando esimi cittadini, onore d'Italia e luminari del progresso, popolando gli ergastoli ed i bagni dei migliori patriotti. Il popolo era ricaduto nell'abbrutimento, tanto favoreggiato dai sacerdoti come mezzo potente per ottenere la sommessione assoluta e completa. del genere umano.

Di quando in quando, riceveva nuove di Celso dalle quali apprendeva che erasi stabilito in Genova, ed ivi aveva trovato una buona clientela, dalla quale ritraeva larghi profitti.

In pari tempo studiava tutte le uscite del convento.

Dall'organo era impossibile evadere, ritenendo le chiavi la superiora. La stessa difficoltà si presentava nel giardino, offrendo ostacoli insormontabili.

Tenni su ciò parola col noto abate**, al quale feci conoscere che l'unica sortita era quella di scavalcare una finestra che dava in un vicolo solitario, e mi era facile penetrare nella stanza ove era questa finestra, perchè quivi tenevansi delle legna e fascine. L'unica difficoltà era quella di gettarsi dalla finestra in istrada. Soggiunsi, che io mi sarei trovata all'appuntamento quando egli avesse trovato il modo di farmi scalare la finestra. Il buon abate aveami promesso darsi egli cura di tutto ciò. - Non mancai di fargli anche osservare che questo tentativo era più sicuro di quello passato, per la ragione che io affacciandomi alla finestra, poteva vedere, prima di azzardare a discendere, se n'era sicura. Se qualche difficoltà fosse venuta a sturbare i nostri progetti, avremmo differito ad altra circostanza la fuga.

Il concerto era preso. Aspettavamo che Celso ci avesse dato ordine di mandarlo ad effetto.

CAPITOLO XV.

Nuova fuga.

Una mattina mentre mi divertiva a leggere un libro prezioso - Le Confessioni di S. Agostino, - improvvisamente mi veggo comparire il cardinale.

- Vi disturbo? mi disse, entrando.

- Niente affatto.

- Non lo credo.

- E perchè? sopratutto se la vostra visita ha uno scopo gradevole.

- Il vostro linguaggio mi sembra più mite. Voi al certo avete modificato le vostre strane idee.

- Le idee si cambiano, i principii sono immutabili.

- Voi già mi odierete sempre... voi mi terrete sempre per un oppressore... per un terrorista.

- Quando voi mi avrete dato prova d'impietosirvi alle giuste lagnanze di un infelice, allora potrete avere la mia gratitudine.

- E non altro? si affrettò a replicare.

- La mia stima, la mia devozione.

- E non altro?

- Non altro. E cosa io, povera donna, potrei dare a voi, ricco, titolato, onorato, e tenuto in rispetto?

- Io vorrei il vostro affetto. A questo patto, solo a questo patto, voi potrete uscire dal convento. - Pensateci.

E se ne andò. Mi contenni, e feci bene. Non volli sfidare di più la collera del cardinale.

Dunque, aderendo io alle pretese cardinalizie, avrei potuto uscire! Oh! carità veramente pretina! Divenendo la druda dell'eminenza, le ferree porte del

chiostro si sarebbero spalancate, e avrei potuto respirare le dolci aure di libertà!
- Povera religione in quali mani sei caduta!...

Nello stesso giorno l'Abate** mi consegnava un piccolo biglietto di Celso, il quale diceva:

«Mia cara,

Ho dato, a chi tu sai, tutte le istruzioni necessarie. Affidati dunque a lui, e dipendi da' suoi ordini. - Non temere di nulla: è troppo onesto, troppo generoso, da abusare in qualsiasi momento della confidenza che una donna ripone in esso. Addio.»

Era vero, egli era onesto e generoso, e ne aveva avuta più d'una prova. Ma egli un tempo si era acceso di me. - Vi sono uomini capaci di tanta abnegazione, di sì nobile sacrifizio da far tacere i sentimenti del proprio cuore per l'altrui felicità? E se in quest'uomo si risvegliasse l'amore d'un tempo, se quest'uomo avesse posto da banda ogni riguardo, una volta io in suo possesso, che restavami a fare? Bivio tremendo!...

Era troppo omai inoltrata da indietreggiare. In un abboccamento coll'abate, cercai di leggergli nel cuore. Gli domandai se il tentativo che stava per intraprendere sarebbemi stato fatale. Mi assicurò dell'ottima riuscita: dissemi aver egli preso le più minute cautele, onde nulla di sinistro potesse accadere. Avere di nottetempo portato una scaletta adatta all'uopo, e nascostala in una fogna prossima alla detta finestra. Io non doveva che penzolarmi, afferrare colle mani il davanzale della finestra, e lasciare a lui la cura di porre la scala sotto ai miei piedi. - Aveva pure pensato di licenziare una vecchia governante per non avere testimoni in casa. Per il viaggio avremmo pensato in seguito.

Confortata da tali promesse, e dalla schiettezza e complicità dei modi con cui me l'espose, si dissiparono i dubbi che mi eran sorti, e m'affidai pienamente a lui.

Il cardinale frattanto non cessava di esser meco più che gentile, amoroso. Io per non urtare il suo amor proprio, cercava dei palliativi atti a fargli credere un cambiamento operatosi in me a di lui riguardo. L'abate intanto lavorava indefessamente, ed una mattina mi chiese se io era pronta ad effettuare la fuga.

- Quando vogliate son pronta, risposi con franchezza.

- Dunque domani a notte, verso le ore due siate alla finestra.

Lasciata da banda ogni ubbia, questa volta mi mostrai più coraggiosa e più risoluta. Attesi impaziente l'ora fissata. Cercai di allontanare dalla mia fantasia tutti quei dubbi, che sogliano insorgere in tali critiche circostanze. Non ebbi in mira che l'utile mio, che il momento fortunato di associare la mia esistenza a quella di un uomo che mi aveva serbata una fede intemerata.

Giunse finalmente l'ora stabilita. Era la notte del 1° gennaio 1860. Il cielo, nuvoloso e nero. minacciava la pioggia. Un forte vento fischiava da far tremare le case. Questa circostanza rendeva sempre più facile l'esecuzione del mio progetto, essendochè le monache stessero per il timore più chiuse, e meno potessero sentire il rumore dei miei passi.

Leggiera, leggiera come un'ombra, passo per i lunghi dormitorii, i quali in quell'ora trovavansi quasi nell'oscurità. Qualche fiammella appesa a delle immagini, che sono a capo dei corridoi, gettava di quando in quando un debole getto di luce, e poi tutto tornava all'oscuro. Rapidamente scendo, traverso più rapidamente una stanza, poi un'altra. Infilo un lungo e tortuoso andito a tentone, quindi imbocco nella sospirata legnaia. Mi arrampico su le fascine, cautamente mi affaccio e mi pongo ad origliare; l'oscurità non mi permetteva di scorgere anima viva. Il cuore mi batteva violentemente, e mentre era in preda ad un'ansietà mortale, mi sembrò sentire un lieve rumore. Col pugno della mano batto sul davanzale due colpi. Il rumore cessò: torno a picchiare, ed allora odo avanzarsi un uomo alla finestra.

- Siete pronta? mi domandò un'esile voce da me conosciuta.

- Sì.

- All'opra.

Sporgo le gambe fuori della finestra; appoggio il corpo sul davanzale e mi ciondolo. L'abate tosto mi pone sotto ai piedi la scala, e tosto che io vi ho assicurati i piedi, rapidamente scendo a terra.

- L'abate leva la scala, e la ripone nella fogna. Quindi appoggiata al suo braccio, mi conduce in sua casa.

Egli aveva di già preparato un passaporto per Livorno: l'indomani mi fece vestire da frate, e la sera, alle ore 9, ci recammo nel vapore postale, che partiva precisamente alle ore 10 per Livorno, Genova e Marsiglia.

Il mare era quieto, il cielo stellato, e il vapore solcava l'acque con una rapidità prodigiosa.

Il 4 gennaio mettemmo piede in Genova. Il mio cuore si schiuse, il timore si dissipò, e ormai mi sentiva felice. Calcava libera terra!

Celso era prevenuto dal nostro arrivo; ma non ne sapeva il giorno preciso, perciò quando a lui ci presentammo restò sorpreso fra la maraviglia e la gioia e ci accolse a braccia aperte. - In un attimo vidi cambiati gli abiti di cappuccino in quelli di elegante signora.

Il 5 l'abate** celebrava la Messa, e ci univa in santo Matrimonio. - Mi svincolava così da un voto e mi legava ad un altro. Ma qual diversità però, fra il voto Monastico e quello del Matrimonio! Questi unisce due cuori che si amano, quello uccide un cuore sensibile. Il matrimonio ci associa nel consorzio degli uomini per formarne una sola famiglia. - Il chiostro ci rende egoisti, ed inutili.

In un giornale di Napoli tre o quattro giorni dopo si leggeva:

«La sig. M..., monaca professa nel Ritiro N... figlia di un valoroso colonnello, si dava di notte tempo alla fuga or non ha guari. Ogni ricerca è riuscita vana, se ne ignora il ricovero, e chi l'abbia agevolata in questa fuga. Si opina che abbia scavalcata una finestra, e ciò dall'orme dei piedi, che ben si conoscono che son di donna, unite a quelle di un uomo. - In una fogna lì vicino si è rinvenuta una scala, che deve essere stata impiegata a tal uopo. La polizia è sulle traccie dei colpevoli.»

- Cercate quanto vi pare, dissi, io sono libera, sposa d'un uomo che adoro e felice. Voglia Iddio esaudire una volta le preghiere dei generosi Italiani, che aspirano all'unità della loro patria, ed allora forse gli amici della civiltà e del progresso abbatteranno gli antri della simulazione e dell'egoismo, salvando tante misere creature dalla disperazione.

In segno di gratitudine, pensai di fare un dono di queste mie memorie all'abate**, dal quale ricevei tanto bene. Un mese dopo il mio matrimonio, gl'inviava a Napoli la seguente lettera.

«Sig. Abate***

Riceverete dalle mani di un nostro amico che si reca costà per affari di commercio la presente, unitamente ad un manoscritto, intitolato i Misteri del Chiostro Napoletano, e che io ho scritto per ingannare il tempo e per isfogo del mio cuore, allorquando mi trovava reclusa e sconsolala.

L'avrei dovuto stracciare per dimenticare il passato; ma ripensando meglio ho stimato bene donarvelo, onde farvi conscio di quanto abbia sofferto, e quante povere creature si trovino come me torturate dalla più terribile disperazione.

Un giorno forse voi potrete perorare questa causa a vantaggio del mio povero sesso. Un giorno forse la vostra voce potrà avere qualche peso, onde abbattere e rovesciare tanti pregiudizi, tanta ridicolezza e tanta empietà.

Preparatevi, amico mio; il giorno non è lontano in cui il dispotismo e le prepotenze religiose riceveranno l'ultimo crollo. La religione ha bisogno di una grande riforma; è d'uopo portarla ai nostri tempi; scevrarla da tutte quelle imposture e macchinazioni che i preti han fabbricate per utile proprio. È d'uopo ricondurla alla primiera semplicità, spogliandola di tutti quei dommi che l'avviliscono e la deturpano.

Voi mi intendete, e non mi dilungo di più.

Siate felice! è questo il voto ardente del mio cuore!

Celso vi stringe la mano. Addio.

MARIA...»

APPENDICE DELL'ABATE***

Lette che io ebbi queste memorie, le chiusi, e le custodii gelosamente...

Le sorti d'Italia progredivano a maraviglia. L'Austria battuta e sconfitta, pagava. il fio della sua tracotanza, e forse quella dinastia, avversa all'umanità e alla giustizia, sarebbe scomparsa, se il gran errore d'un uomo non l'avesse salvata colla pace di Villafranca.

Come l'Austria dovea cadere, la perversa stirpe dei Borboni, e tutta Italia ne anelava il momento. - Garibaldi in Sicilia faceva prodigi! E i Napoletani attendevano il momento opportuno per scuotere le catene e gettarle in faccia all'imberbe tirannello.

Si fu allora che chiesi all'autrice il permesso di pubblicare queste memorie; ma tenuta da certi riguardi, e da vaghi dubbii, mi pregò a lasciar trascorrere un'altro po' di tempo. Quando meno ci pensavamo il giornalismo italiano annunziava il libro della signora Caracciolo, vittima anch'essa del chiostro, libro che in pochi mesi fece il giro dell'Europa, rivelando colla semplicità di una coscienza onesta, gli orribili misteri dei conventi, che fino a quest'epoca erano sconosciuti o quasi.

Allora tornai di nuovo ad insistere presso l'autrice, di pubblicare questo scritto; ma ella mi rispose:

- La signora Caracciolo m'ha preceduto. È inutile che io dia alla luce le mie memorie, quando essa ha narrato press'a poco le medesime cose.

- Che importa? - Anzi in tal guisa, la cosa acquisterà più fede.

- Lo credete?

- Sicuramente. - Poi le avventure vostre sono molto dissimili da quelle della signora Caracciolo, e da questo lato potranno interessare la curiosità dei lettori. In secondo luogo diversificano anche i tanti e vari avvenimenti da sembrare, se non un nuovo lavoro, almeno una continuazione di quello.

- Dite bene. - Vi do il permesso di fare quanto credete. Vi prego però di recarmi il mio manoscritto: voglio rivederlo, togliere i nomi, sopprimere alcuni fatti, ecc. ecc.

- Farò quanto voi dite.

Infatti le recai il manoscritto. Ella vi fece quelle modificazioni che credè necessarie, e quindi me lo restituì accompagnato dalla seguente lettera.

«Mio caro Amico,

Vi rimetto il manoscritto, per farne quell'uso che credete. - Avvertite che invece di Misteri del Chiostro, vi ho aggiunto "I nuovi Misteri" per non confonderli con quelli della mia ex consorella, la signora Caracciolo, che meglio assai di me ha saputo sceneggiare, e ritrarre al vivo la vita, i costumi, e gli errori dei chiostri.

Io però non voglio paragonare questo mio lavoro a quello della signora Caracciolo. - Senza gare, senza invidie, pubblico soltanto queste mie memorie pel bene dell'umanità tutta: prego soltanto i lettori a meditare i fatti, non lo scritto.

So bene che le mie parole saranno gettate al vento. Gli uomini fanno senno troppo tardi - Ma intanto al Parlamento Italiano, fra non molto, si agiterà la gran quistione dell'abolizione de' conventi. Spero che i propugnatori di sì santa impresa trionferanno, e prima di chiudere gli occhi avrò il conforto di vedere abbattuti quegli antri ove racchiudonsi tante infelici, quei ricoveri che contano tante vittime, que' luoghi ove la superstizione e l'egoismo condannano tante poverette a finire una vita di stenti e di ambasce, quelle mura che racchiudono un'iliade di delitti e d'infamie.

Voglia Dio esaudire il voto ardentissimo del mio cuore, e se avrò contribuito in poca parte anch'io a questa santa e nobile impresa, mi stimerò contenta di avere passato i più begli anni miei nell'amarezza e nell'affanno.

All'opera dunque, abate mio, io vi ho dato la materia, voi dategli la vita; non vi stancate, nè arrestate: progredite, risoluto e intrepido, nella via in cui ci troviamo per toccarne la meta. - Ogni indugio, ogni dubbio, ogni oscillazione sono colpe imperdonabili. La schiavitù, l'avvilimento, il pregiudizio, le esose superstizioni, le ridicole credenze vanno sbarbicate, bisogna disperderle. Il nostro secolo ha cominciato a segnare un'epoca nuova - l'epoca del progresso, della civiltà, della libertà... dell'umanità infine, e fa d'uopo compiere quest'epoca sublime. - E per compierla, voi, come me, comprenderete bene, che bisogna prima di tutto liberare le coscienze, togliere il comando ai preti, e ridurli una volta per sempre a badare ai loro doveri, a rispettare il loro ministero, che non è quello certamente di vivere da satrapi, d'impinguarsi con forti rendite, di gettare nel fango e nell'abbrutimento la creatura di Dio. Ecco quanto bisogna fare.

Intanto io, con questo mio scritto, dichiaro altamente di aver detta la verità, di non avere inventato nè fatti, nè aneddoti. È pura storia, genuina, e se in qualche cosa pecca, pecca certamente dal lato dell'indulgenza, poichè stimo meglio rimproverarmi questo difetto, che di passare per esagerata e menzognera.

Vi saluto, e non ci siate tanto avaro delle vostre visite.

MARIA...»

P. S. Se credete dare un cenno de' personaggi che ho messo in iscena, ve ne do la facoltà, onde soddisfare alla curiosità dei lettori.

CONCLUSIONE

Lettore! tu non ti chiameresti soddisfatto, se non sapesti il fine dei personaggi che hanno figurato in queste memorie. Io non manco di appagare le tue brame.

Il colonnello vive ritiratissimo con la sua concubina. Affezionato sempre agli antichi padroni, si logora la vita dalla rabbia e dal corruccio nel vedere prosperare questa nostra bella Italia. Evita l'incontro con Celso, e non mostra piacere nè desiderio di vedere la sua figlia Maria.

La sorella di Maria è felice con suo marito.

Spesse volte Celso e sua moglie si recano a visitare le ceneri del loro povero amico... dello sventurato Arturo.

I genitori di Arturo vivono sempre, ed ora agiatamente, avendo ottenuto dal governo quella pensione che il governo passato ingiustamente aveva loro tolto.

Il cardinale... il feroce tentatore dell'eroina di questa storia, avvilito, scornato corse a Roma a rimorchiare il potere temporale del Papato, che minaccia sfacellarsi ad ogni lieve tocco, e che invano i teneri e zelanti difensori di esso si sbracciano per sorreggerlo e ripararlo. Ma sarà tempo perduto; perlochè le facili credenze, le superstizioni, l'encicliche, le scomuniche ed altre armi spirituali, terribili tanto nel passato, oggi fanno ridere, e nessuno più le teme, o vi bada. Sicchè non resta al papa-re che la rimembranza di quello che il papato fu nel medio evo.

Non debbo tacere un aneddoto al mio lettore, accaduto fra la nostra eroina e il cardinale, prima che si trasferisse nell'eterna città. Questi trovavasi ad un invito in casa del Duca***. Celso e sua moglie erano pure tra gl'invitati.

Il cardinale tostochè riconobbe la signora Maria, si turbò alquanto, ma essa cercando un mezzo per avvicinarsegli, gli disse:

- Signor cardinale! non mi riconoscete?

- Vi riconosco benissimo.

- Or via dettate la punizione che credete infliggermi.

- Voi siete in vena di scherzare, signora mia; io conosco i miei doveri. Voi ora non siete più mia dipendente...

- Per grazia di Dio sono libera, e non dipendo più dagli uomini dalle nere sottane e dal cuore più nero d'un tizzone.

- Non avete mai dimenticato il sarcasmo.

- Voi altri avete mai dimenticato l'impostura e l'ipocrisia?

Vedendosi il povero cardinale ridotto a fare una puerile figura, pensò di cambiar idea, e soggiunse:

- Siete felice del vostro stato?

- Felicissima.

- Ebbene, allora dimenticate il passato, nè vi pensate più.

- Mi forzerò; benchè non sia cosa troppo facile; ma voglio vendicarmi.

- Con qual mezzo?

- Pubblicando le mie memorie.

- Voi non lo farete.

- Sono decisa.

- Non sarete creduta. Le vostre memorie passeranno per un romanzo.

- Chi lo sa?

- E quale scopo credete di ottenere?

- Null'altro che far conoscere la vita del chiostro... le virtù delle spose di Cristo... le mene dei sacerdoti, e tutte le nefandità che vi si commettono.

- Vi farete biasimare.

- Non lo credete, cardinale. Siate anzi certo che sarà più creduta la mia bugia che la vostra verità. - I tempi sono molto cambiati. - Il vostro ragno è caduto, e non siete altro che cadaveri.

- Oh!... Signora, voi azzardate parole, che, che... infine non son che parole.

- A voi giova dire e sperar così. - Intanto mi sembra che le cose si traducono a' fatti, e niuno può negare, neppur voi, che il dominio temporale ha perduto il cento per cento.

- Chi lo sa? - Ride bene, chi ride l'ultimo.

- Benone! A maraviglia! Anch'io, vedete, quando era una povera disgraziata, rinchiusa fra quattro pareti, e che voi mi facevate terribile e indecorosa guerra, fra me e me, dopo qualche diverbio avuto con voi, diceva: Ride bene, chi ride l'ultimo. – Per grazia di Dio, io rido, e voi mi sembrate un condannato a morte.

Il cardinale non trovò adeguata risposta, e Maria, contenta di averlo vinto, si ritrasse dicendo:

- Vi riverisco, signor prelato, e lasciollo.

Or, che mi resta ad aggiungere? Nient'altro che questo consiglio. - Sappiate, lettori e lettrici carissime, trar profitto da questo libro, per non dovervi trovare ad essere infelici per tutta la vita.

FINE.